リーガルトラップ
唾液が滴るくらいキスを繰り返してから、貪るようにして佐古は征眞の喉元から胸へと唇を這わせた。

リーガルトラップ

水壬《みなみ》楓子《ふうこ》
ILLUSTRATION
亜樹良《あきら》のりかず

CONTENTS

リーガルトラップ

リーガルトラップ

「頭《かしら》、姐《あね》さん、お見えになりました」

佐古《さこ》が風呂《ふろ》から出た時、若い舎弟がちょうどリビングのインターフォンから顔を上げてそう報告してきた。

マンションの玄関先に到着したらしい。

バスタオルを腰に巻いた状態で髪を乾かしながら、佐古は、ああ、とだけ短く答えた。

姐さん、と舎弟は呼んだが、もちろん正妻というわけではない。ついこの間、飲み屋で顔を合わせたばかりの女だった。

指定暴力団神代《かみしろ》会系名久井《なくい》組で、佐古行成《ゆきなり》は現在、若頭という立場にある。その佐古の補佐をしている男の一人が、新しくオープンさせたクラブのホステスだった。

昼間はそこそこ名の通った会社でOLをしているらしく、夜の仕事はアルバイトのようだったが、どうやらそのうちに会社は辞めて、水商売で身を立てたいという野望があるらしい。そして手っ取り早く店を持つためには、後ろ楯《だて》となるパトロンが必要だ。

そういう意図もあって、佐古にモーションをかけてきたのだろう。自分の働く店のボスよりも、さらに一つ上のランク。

客をその気にさせる手管は一流で、馴染《なじ》みには大手企業の社長や重役も多い。佐古がヤクザだということは知っているはずだが、そういう男でもうまく乗りこなせるという自信があるのか。

あるいは幹部の「女」になれば、ふだんは繁華街で幅をきかせているヤクザたちがヘコヘコと頭を下げてくるのに自尊心がくすぐられるのかもしれない。
二十七、八歳で、気も強く、いわゆる肉食女子というわけだが、佐古はそういうアグレッシブさは嫌いではなかった。
常に強い男を求める。力も、権力も、そしてセックスも。

わかりやすくていい。

やがて部屋の玄関口あたりから、ご苦労様ですっ、の声が聞こえてくる。

名前は、正直、よく覚えていなかった。聞いていたのは源氏名だろうが、特に本名が知りたいわけでもない。

一度やってみて、相性がよければまた次があるかもしれないというくらいのことだ。ある程度馴染みになれば、まあ「姐さん」と呼ばれてもおかしくない立場になるのだろう。

身体《からだ》の方はともかく、才覚があるのであれば、店を持たせてやることは考えてもいい。

だがむしろ、佐古にしてみれば本気になられると面倒《めんどう》だった。そのため、生理的に相手が必要になった場合には割り切りのよさそうな女を選んでいる。

ほどなく、女がリビングに姿を見せた。

「うれしいわ、佐古さん。お部屋に呼んでもらえて」

艶《あで》やかに笑った女は、店で会った時よりはずっと地味ななりだった。化粧も薄い。カクテルドレスのような衣装でないのはともかく、きっちりと堅めのスーツでメタルフレームのメガネをかけており、髪も結い上げていた。いかにもOLの仕事帰り、という風情だ。

今まで佐古がつきあったことのある女は、こんな時はたいていブランド物のスーツで着飾ってきたものだが。

失礼しまっす！　とピシリと挨拶《あいさつ》して、ここまで女を案内してきた舎弟が姿を消す。

名久井組若頭である佐古のマンションは、たっぷりワンフロアをぶち抜いた広さだった。

寝室だけで三つ。一番奥の、佐古が使っているメイン・ベッドルーム以外では舎弟たちが寝泊まりしている。トイレやバスルーム、キッチンも二つ。二世帯に近い造りだ。

玄関に近いところにある広めの応接室はなかば組員たちの集会所といった感じで、フロア中央の小さな坪庭を挟《はさ》んだ奥が、佐古のプライベートなスペースとして確保されていた。

そのリビングに二人だけで残されて、女が佐古を意味ありげに見上げてくる。

「メガネをかけてたか？」

用意されていた冷えた缶ビールをとってプルトップを開けながら、佐古は何気なく尋ねた。

「会社でだけよ。地味でしょう？　変装みたいなもの」

女は手にしていたバッグをソファに投げ、その横に腰を下ろしながらにっこりと微笑《ほほえ》む。

どうやらダテらしく、片手でメガネをとってひらひらさせてみせると、カバンの中からケースを取り出してきちんとしまいこんだ。

なるほど、わざわざこの格好で来たのは、ギャップを見せたかったというわけだ。昼間は真面目《まじめ》な女性秘書、夜は淫乱《いんらん》な娼婦《しょうふ》といった風情の。確かに男をその気にさせる手練手管に長《た》けていそうな女だった。頭もいいのだろう。

「それにしても、身体検査なんかするのね。ベタベタ触られちゃったわ」

ちょっとツンとした表情を見せ、女が何気なくまとめていた髪を下ろす。

そんな拗《す》ねた様子も計算なのか。やわらかくウェーブした髪が緩やかに肩にかかり、両手を上げて胸を強調するような仕草に、一気に濃密な色気が発散される。

ボディ・チェックは、舎弟としては当然の手続きだった。敵の多い仕事で、男が無防備になるプライベートな空間に入れるのだ。

女としてはここでなだめるような言葉――あとで叱《しか》っておいてやる、とか、次からは触らせない、とか――が欲しかったところかもしれないが、佐古はスルーした。

いちいち女の機嫌をとってやるような、そんなめんどくさいことをするために、わざわざ呼んだわけではない。

無反応なままの佐古にいくぶん鼻白んだように、とってつけた感じで女が尋ねてきた。

「シャワー、浴びた方がいいかしら？」

「そうだな」

うなずいた佐古の前ですらりと立って、女がバスルームへ消えた。

その間に佐古はタバコを一本吸い、缶ビールを飲みきった。

生理的な欲求は覚えても、焦燥があるわけではない。ソファにどっかりと腰を下ろし、テーブルに置いていた携帯にちらっと目をやったが、着信はなかった。なんとなく、短いため息が口をつく。

そうする間に、シャワーだけだったのだろう、さほど時間をとることもなく女が出てきた。濡《ぬ》れた髪をタオルで上げ、ワインレッドのシルクのバスローブに身を包んでいる。女の身体にはいくぶん大きめで、袖《そで》や裾《すそ》もかなり長かった。

「借りてよかったかしら？」

尋ねながらも艶然《えんぜん》と微笑み、もちろん断られることなど想定していない口調だ。紐《ひも》は結ばずに、前は手で押さえただけで、歩くたびにわずかにはだけて見える足はさすがに色気がある。

しかし一瞬、佐古は顔をしかめた。

出しっぱなしだったのか…、と内心で舌を弾《はじ》く。あとで風呂場を掃除したヤツに蹴《け》りの一つも入れておかなければならない。

が、一応、これからベッドをともにしようという相手だ。空気が悪くなるのも面倒だったので、佐古はそのままうなずいた。

イタリアン・ブランドのシルクのバスローブ。二、三十万とかするヤツで、さすがに物を見る目は肥えているらしい。

「大きいわ」

「女用じゃないからな」

ちょっと甘えるように鼻にかかる声で言った女に、佐古は素っ気なく答えた。

女が小さく微笑む。

他《ほか》の女の影がないことに満足したのだろうか。もちろん彼女は、佐古がふだん使っているものだと思ったのだろう。

が、実はそれは他の人間が専用で使っているバスローブだった。うるさい男だから、他人に――しかも女に――使われたとわかると不機嫌になるだろう。

バレないうちにクリーニングにでも出しておかなければならない。目敏《めざと》い男だから、残った髪の毛一本からでも、ねちねちと文句をつけられる。

黙ったまま顎《あご》で奥のドアを指すと、女が先に向かってドアを開く。のっそりと立ち上がった佐古も、あとに続いた。

女がものめずらしげにあたりを見まわしていたが、さしておもしろいものがあるわけではない、すっきりとシンプルな寝室だ。

十五畳ほどの広さに、大きめのベッドとサイドテーブル。壁際に造りつけのデスクとイス。その上のノートパソコン。ベランダへ続く窓際にはデザイナーズ・チェアが置かれ、奥にはウォークイン・

クローゼットへの扉。

高さがあったので、さすがにベランダ越しの夜景はすばらしかったが、おそらくラグジュアリー・ホテルに泊まり慣れている女にはめずらしいものでもないはずだ。

女はまっすぐにベッドに行くと、その端に腰を下ろして向き直った。

前に立った佐古を見上げ、いかにも誘うような眼差《まなざ》しで微笑む。

するりと腕を伸ばして佐古の引き締まった脇腹《わきばら》を撫《な》でると、じっと男の目を見上げたまま、ゆっくりと腰に巻いていたバスタオルを外していく。

あらわになった中心にわずかに目を見開き、ため息をつくように言った。

「すごい…。楽しませてもらえそう」

本気か、これもテクニックなのか、つぶやくように口にすると、女は佐古の太腿《ふともも》に指を這《は》わせるようにして、男のモノに触れ、唇で愛撫《あいぶ》してきた。

やわらかい舌に包まれ、佐古はそっと息を吐く。口の中でこすられ、ぐんと力を増すのがわかる。

実際のところ、ここしばらくはご無沙汰《ぶさた》だったのだ。

しばらくさせてから、佐古は女の身体を突き離した。

そしていくぶん手荒にバスローブを脱がすと、引き剝《は》がして床へ投げる。ヘタに着られていると、比べてしまいそうだった。

一気に女の身体をベッドへ押し倒し、のしかかるようにして身体を重ねる。小さなあえぎをもらして女が腕を伸ばし、佐古の身体を引きよせてくる。

胸の大きさは普通程度だろうが、やはり肌にあたる感触や、腕の中に収まる感覚がぜんぜん違う。

とはいえ、そのあたりは佐古も割り切っていた。

別に身代わりを求めているわけではない。単に生理的な欲求を満たすために抱いているに過ぎず、女は女として楽しむことはできた。

佐古は片手で無造作に女の胸をつかみ、もう片方で足を撫で上げる。さっき女に口でさせたモノを、性急に足の間に押しつける。

女の手がなだめるようにそれに触れ、手の中でこすり始める。

さらに硬く反応したモノが女の手に余るほどに成長し、存在を主張するようにやわらかな腿に突き当たる。腰を引き、わずかに足を広げて誘う奥を、確かめるように佐古は指を伸ばす。

「あぁ…、すごく熱い……」

女の息が乱れ始め、期待に濡れた眼差しが佐古を見上げてくる。

――と、その時だった。

ドアのむこうが騒がしくなった気配に、ふっと佐古は気づいた。

乱暴に扉の開く音や、ガタガタと何かに当たる音。

「ちょっ…、待っ……っ…」

「おい、止めろっ！」

「いやだから…っ」

「……頭に……っ！」

乱雑な足音とともに、とぎれとぎれにあせった若い連中の声も聞こえてくる。

カチコミを思わせるその剣呑《けんのん》な空気に、佐古はとっさに身体を伸ばし、サイドテーブルの引き出しを開けて、中に入れてあった護身用の小ぶりなオートマチックを手にした。

「なに……？」

突然、身体から離れた佐古の気配に、女が怪訝《けげん》な声を上げる。愛撫に応《こた》えるのに夢中で、外の騒ぎは聞こえていなかったようだ。

しかしその間にも緊迫した足音や声はどんどんと近づいていて、次の瞬間、ノックもなくいきなりドアが開いた。

転がるように飛びこんできたのは、舎弟の一人だ。

道長《みちなが》という二十五歳くらいの男で、佐古の身のまわり全般を取り仕切っている。側近の一人で、いわばボディガード兼秘書のような立場だ。

「か、頭…っ！　す、すいません…っ、あ、あの…っ」

顎に短い口髭《くちひげ》を生やしたワイルドめな風貌《ふうぼう》で、この年にしていつもはそこそこ落ち着きのある男だったが、今はひどくあわてていた。

「どうした？」

ベッドの上に身を起こした佐古が尋ねるのと同時に、道長がバッ…とリビングの方に向き直り、その大きな身体でドアをふさぐようにして立つ。

「——いやっ、ですからっ、頭はその…、今、来客中で……っ！」

しかし必死の様子で声を上げた道長の身体が無造作に押しのけられ、現れたのはよく知った男の顔だった。

一瞬、息をつめ、銃を構えた佐古だったが——思わず深いため息をもらす。

「なんだ…。おまえか、征眞《いくま》」

素っ気なく口にしながらも、内心では一気に脈拍が上がっていた。

身体の奥からじわじわと疼《うず》くような熱が、浮かされるみたいな悦《よろこ》びが、喉元《のどもと》までいっぱいにこみ上げてくる。

実際、この男が佐古の部屋を訪れたのはひさしぶりだった。

なるほど、道長あたりでは押さえきれるはずもない。というか、征眞はいつどんな時でも、このマンションならフリーパスだった。

ことによれば、名久井組長の本家も、だ。

同い年の三十二歳。それぞれに、もうすぐ三になる。

ガタイのよい佐古と違って、スレンダーでスタイルのいい、知的な美人だ。

いつも通りにスタイリッシュなスーツ姿で、一見、人当たりのよい笑顔も、物腰や口調も、どの角度から見ても隙《すき》がない。

そしてこの男の前に出ると、相当に年季の入ったヤクザでも膝《ひざ》を合わせて「先生」と呼び、頭を下げる。

萩尾《はぎお》征眞は、名久井組御用達の弁護士だった。しかも、かなりやり手の。

「ご挨拶だな」

征眞が腕を組み、佐古を冷ややかに見下ろしてくる。そしてちらっと、いかにも値踏みするようにベッドの女を横目にすると、淡々と言い放った。

「ほう？　女に使えるモンがあるんならちょうどいい」

腕を組み、口元に薄い笑みを浮かべた傲慢《ごうまん》な口調。

視線は躊躇《ためらい》いもなく、ベッドの端に全裸ですわり直した佐古の中心に注がれている。

……つまるところ、そのために来た、というわけだ。

まあ、征眞が佐古の部屋に来る用事など、ソレ以外ではほとんどない。組で何か緊急の問題でも持ち上がっていなければ、だが。

征眞から声がかかるのなら、佐古としてはいつ何時でも時間を空ける用意はある。この男を腕に抱けるチャンスを逃す気はない。

が、このひと月ばかりそうしたお呼ばれもなくて、佐古としては仕方なく、相手を見繕ってみたところだったのだが。

それでも表面上は、やれやれ…、といったように首をふり、だるそうに腕を伸ばして引き出しに銃を放《ほう》りこんだ。

「な……なによ、あんた……っ！」

いいところで邪魔をされた女が、シーツを胸元に引き上げながら混乱と怒りで高い声を張り上げた。

まあ、当然だろう。

こんな状況で会ったのでなければ、いかにも身なりがよく、ステイタスもありそうな征眞などは、かなりの上客だと受け止められたはずだが。

それにかまわず、征眞はおもむろに自分のスーツを脱ぎ始めた。無造作にイスに投げ、キュッ…と音を立ててネクタイを外しながら、いかにも相手にしていないように言い捨てる。

「うせろよ、アバズレ」

「なんですって…っ⁉」

モデル並にきれいに整った顔から放たれた予想外の暴言に、女が目を剝《む》く。

……実のところ征眞は相当な毒舌家だった。

顔に似合わず、というべきか、似合って、というべきなのか。

まあもちろん、腕利きの法廷弁護士だ。しかもヤクザ御用達となると、口八丁手八丁、詭弁《きべん》とわかっていても堂々と言い切るくらいのツラの皮の厚さは必要だった。

あり得ない状況にしばらく呆然《ぼうぜん》と口を開けたままだった女が、ハッと我に返ったように征眞をにらみつけ、そして佐古の裸の肩にしがみついてくる。

「な…なんなの、この男っ？　頭、おかしいわよっ。早く追い出してっ！」

女の言うことは、まったくもっともだとは思う。

が、佐古はそのきれいに磨かれた爪《つめ》を引き剝がし、淡々と言った。

「悪いな。急用だ。今日は帰ってくれ」

「ちょっ……」

思いもよらない佐古の言葉に、女は言われた意味がわからないというように大きく目を見開く。

「この男は俺《おれ》に優先権があるんでね。おまえ程度の女にふさわしい男は、そのへんに掃いて捨てるほどいるさ」

冷酷《れいこく》に征眞は言い放つと、さらにベルトを外し、女の目も、そして戸口に立ちっぱなしだった舎弟の目もかまわずズボンを脱ぎ捨てていく。

容赦《ようしゃ》のない言葉に、どうやら今日はとことん機嫌が悪いようだな…、と佐古は覚悟した。

ふだんならもっと外面はよく、顧問をしている会社あたりでは、「王子様」と陰でささやかれるくらい女性社員たちにも丁重で愛想のいい男だが。

「ほら、早く行け」

これ以上、征眞の攻撃にさらされるのも気の毒で、佐古は身体を伸ばすと床に落ちていたバスローブをつかみ、女に投げた。

まさか素っ裸でリビングにいる男たちの前に追いやるほど、佐古は鬼畜ではない。

――が、このまま押し問答を続けると、征眞ならやりかねなかった。

そうする間にも、下着まで脱ぎ捨てた征眞はシャツ一枚になって、ボタンを外しながらベッドに近づいてくる。

太腿から中心の陰りがかいま見えて、なかなかに扇情的《せんじょうてき》だ。……あえて、なのかもしれないが。

そしてベッドの手前で最後のシャツも脱ぎ捨てると、まるで邪魔な荷物か何かのように女の身体を押しのけ、征眞は佐古の太腿から中心をゆっくりと撫で上げてくる。

それだけで、ドクッ…と身体の奥で血がたぎった。あっという間に、中心に熱がたまってくるようだった。

さらに征眞が肩に片腕をかけ、指先で背中をなぞるようにしながら、ほとんど奪うように唇を重ねてくる。

濃厚なキスだ。舌を絡め、深く貪《むさぼ》られる。

抵抗することなく、佐古はそれを受け入れた。甘く、息苦しく、ずっと足りなかった征眞の熱が自分の身体の中に入りこんでくる。

そのまま征眞の体重を受け止める形で、佐古はシーツに背中から押し倒された。

馴染んだ体温。あからさまに、てらいもなく見せる欲望。

この重みに、沸き立つような喜びと、体中を満たす充足感と、そしてどこかホッ…と安堵《あんど》している自分を感じる。

ここしばらくご無沙汰だったが——だからこそ、佐古も女の誘いに乗ったわけだが——どうやら飽きられていたというわけでもないらしい。

佐古も逆に攻めこむようにそのキスに応えながら、両腕を征眞の背中にまわしてきつく抱きしめた。ひさしぶりの感触を確かめようと、太腿から尻《しり》を手のひらいっぱいに撫で上げる。

征眞の足がねだるみたいに佐古の腰に絡《から》んできた。

それは佐古を煽《あお》るためでもあり、佐古が自分の男だと主張する独占欲——というよりは、単に女に対する当てつけだとわかっていたが、胸の中が甘い愛しさに満ちてくる。

……まったく、ちょろい男だな……。

征眞が軽く腰を揺らせてくるのに、下肢が暴走しそうになるのを必死に抑えながら、佐古は自嘲《じちょう》してしまう。

これほどあっさりと、いいように手玉にとられているとは。

「な…なんなのよっ、このホモ野郎っ！」

いかにも見せつけるような情景に、さすがに女も自分が邪魔にされていると認めるしかなかったようだ。怒りに震えた金切り声が頭上に響く。

反論の余地もない、端的な指摘だ。

女はバッと大きく広げたバスローブを肩から羽織ると、すさまじい形相で部屋を飛び出した。

かまわずキスをせがんでくる征眞の顔をいくぶん力ずくで突き放しながら、佐古は戸口でどこを見たらいいのわからないように突っ立っていた道長に声をかけた。

「道長、送ってやれ」

「あっ、はい…っ」

命令があってようやくホッとしたように背筋を伸ばして答えると、道長が急いでドアを閉じた。

「……あのバスローブ」

佐古の腹にのしかかったまま、征眞がちろっとその閉まったドアを横目にして、佐古をにらんでくる。

「誰のを使わせてるんだ？」

佐古が使わせたわけではなかったが、言い訳はしなかった。

「今度までに買い替えておく」

淡々と返した言葉に、ふん…、と征眞が鼻を鳴らす。そしてにやりと口元で笑った。指先が意味ありげに佐古の顎から喉元を撫でてくる。

「だったら、今日の分は相応の詫《わ》びを入れてもらわないとなぁ？」

「身体で返してやるよ」

口元に小さな笑みを刻み、さらりとできるだけ軽い口調で言った佐古に、征眞がほう…、とおもしろそうにつぶやく。

「俺を満足させられるのか？」

言いながら、征眞の手が佐古の股間に伸びてきた。

しなやかに長い指で、すでに力を持っていた自身がなぞられ、手の中でもむようにしてこすり上げられる。いたずらするみたいに先端が指の腹でいじられ、くびれが爪の先で引っかかれて、ドクッ…、と腹の奥で何かが沸き立つ。

征眞の手の中で、小さく震えるようにソレがさらに力を増し、先端からは早くも先走りをにじませてしまった。

佐古は腹に力を入れてなんとかこらえたが、それでも明らかな反応に、征眞が満足げな笑みを口元に浮かべる。

「どうした？　ずいぶん早いな」

からかうように言うと、征眞は股間に顔を沈め、佐古のモノをためらいもなく頰張《ほおば》った。

やわらかな感触がすでに反応していた中心をいっぱいに含み、口の中で巧《たく》みにこすり上げられる。

くちゅっ…、と濡れた音が耳に届く。

「くっ……」

こらえきれず、喉の奥で低いうめき声がもれてしまう。

平静を保つ余裕もなく一気に大きさと重量を増したモノに征眞の舌が絡みつき、浮き上がった筋がたどるようになめ上げられた。先端からこぼれ落ちる先走りがその都度、ネコみたいに器用な舌でなめとられ、その感触にもビクッと腰が震えてしまう。

さらに敏感になった先端が甘噛《あまが》みされ、あっという間に出しそうになって、佐古はとっさに征眞の髪をつかんで顔を上げさせた。

「あ…、ん…っ」

いくぶん不満げに佐古を見下ろした征眞が、唾液《だえき》と佐古のもらしたものでいやらしく濡れた唇を指で拭《ぬぐ》い、意味ありげに赤い舌をのぞかせる。

グッ…と心臓がつかまれるようで、佐古は夢中で押さえたままの頭を引きよせると、そのまま唇を奪った。舌をねじこんで征眞のものを絡めとり、深く味わう。

しばらくそれに応えてから、征眞が苦しげに頭をふって佐古の腕を振り払った。

「がっつくな。ちゃんと楽しませてやるよ」

人の腹の上で見せる余裕が憎たらしい。

下肢では、反応を見せている征眞のモノと、すでにいきり立つほどに硬く成長している自分のモノとが触れ合って、さらに刺激するように征眞が腰をこすりつけてくる。

楽しげに言われ、なかば白旗を揚《あ》げるような思いで、低く、そっと息を吐き出すようにして佐古はうめいた。

「しぼりとられそうだな…」

それに征眞は喉で笑い、なだめるように指先でそっと佐古の前髪を撫でて、優しげにキスを落としてくる。

手の中で、器用な指で、そそり立つ佐古自身をもてあそぶ。いかにも誘うような濡れた目で、にやりと笑った。

「覚悟しておくんだな」


この夜の主導権は征眞にあった。……まあ、たいていいつも、と言えるのだが。

佐古の男を手で、口で育て、そして尻でほしいままにくわえこみ、最後の一滴まで貪り尽くす。

何度か反撃を試みてみたが、ことごとく封じられ、佐古は誘われるままに征眞の中へ男を突き立て、きつく締めつけられ、あっけなく何度もイカされてしまう。

とてもじゃないが、舎弟たちには見せられない情けない姿だ。

さっきの女が気まぐれな子猫なら、征眞は野生の豹《ひょう》といったところだった。

誇り高く、高慢で、狩りがうまい。

結局のところ、気が強くて頭のいい美人タイプが好みなんだろうな…、と我ながらため息がこぼれ落ちた。

初めからそうなのか、あるいは征眞を見ていたからそうなったのか。

腹の上に手をついて、自分のイイところに硬い切っ先が当たるように導き、躍《おど》るみたいに激しく身体をくねらせて快感を貪る征眞を、佐古はろくな手出しもできずに下から見上げるしかなかった。

……もちろん、佐古も同様に脳が痺《しび》れるような悦楽を味わわせてもらっているわけで、不満を言うわけではなかったが。

そして下からの眺めも、決して悪いものではない。

絶頂を迎えた瞬間の征眞の顔は神々しいくらいに美しく、何度見ても見惚《みほ》れてしまう。

人としてもっとも原始的で本能的な行為の中で、征眞の身体も表情も、嘘《うそ》のない素直な悦びだけを映し出す。仕事で他人に見せる作った顔とはまったく違う。

喰《く》らい尽くされてもかまわない——。

支配され、足下に這いつくばることになっても。

他の相手では決して生まれない感情だった。

何度目か、佐古の上で達した征眞が、ようやく汗ばんだ身体を離して、ずり落ちるように佐古の横へ肢体を伸ばした。

しばらくまどろんでいたが、やがて気怠《けだる》そうに身体を起こし、佐古の頰に顔を近づけてくる。

「やっぱりイイな。おまえのは」

手のひらを佐古の太腿に這わせ、手の中でやわらかくなった佐古のモノを撫でながら、鼻先を耳元に埋《うず》めるようにして満足そうに言う。唇の端に浮かんだ、蠱惑的《こわくてき》な笑み。

「光栄だな」

素っ気ないくらいにあっさりと答えながらも、佐古のモノはそれだけで早くも反応してしまいそうになる。

征眞のそんな評価はうれしい反面、カラダだけか…、と思うと、いくぶん虚《むな》しさも覚えてしまう。三十も越えた大の男が。数十人の舎弟を従え、「頭」と呼ばれて、その筋ではそれなりに恐れられている男が、どこの乙女だという気もするが。

大きな息をついて征眞がベッドから下りると、佐古の使っていたバルタオルを肩から羽織るようにして、バスルームにだろう、寝室を出て行く。

征眞の中には佐古も何度も放っていたので、足の間にはこぼれ落ちたものがわずかに伝っていた。ひどく淫《みだ》らで、しかし猥雑《わいざつ》さはなく、まっすぐに背筋の伸びたキレイな後ろ姿だ。

それを見送ってから、佐古はだるい腕を伸ばして枕元《まくらもと》のティッシュをとり、征眞が腹の上に散らしたものを拭いとる。

身体を起こし、とりあえず下着だけを身につけると、シーツを取り替えた。使ったやつは丸めて、部屋の隅に放り出しておく。

征眞とは、いわゆるセフレの関係だった。

だがむしろ、仕事上のつきあいに身体の関係がついてきた、と言った方がいいのかもしれない。あるいは、長い友人関係、腐れ縁の延長とも言える。

おたがいに気が向いた時――いや、征眞が気が向いた時、佐古に連絡をしてくる。あるいは、今日みたいに突然に押しかけてくることもめずらしくない。

征眞くらい社会的な身分も容姿もそろっていれば、女でも男でも相手には事欠かないはずだが、やはり弁護士という仕事上、適当に遊ぶのはリスクが高いのだろう。後腐れのない相手が必要で、しかしいそがしすぎて手頃《てごろ》な相手が探せないという問題があるようだ。

そういう意味で、佐古は征眞にとって、もっとも安全な相手と言えた。

あの勢いだと、おそらくは征眞もしばらく発散させる余裕がなかったのだろう。ようやく空いた時間に、真っ先に自分を思い出してくれたのなら、佐古としては満足だった。

さほど時間を使うこともなく、征眞がシャワーから上がってきた。

濡れた髪をすべて後ろに撫でつけ、いくぶん不機嫌そうな様子なのは、いつものバスローブが使えないせいか。

仕方なく――なのか、やはりバスタオルを腰に巻いて帰ってくると、ベッドの横でするりと落として、全裸のままシーツに潜りこんでくる。

佐古の部屋に来た時には、やはり動くのが億劫《おっくう》になるのか、征眞は泊まっていくことが多かった。そのせいで、佐古の部屋には征眞の私物も多い。あのバスローブや、下着からスーツまでの着替えや、靴。お気に入りの洗髪料やコロン。

「さっきの女……、最近のおまえの相手なのか？」

眠そうに身体を伸ばし、あくび混じりに征眞が尋ねてきた。

仮にも邪魔しておいてだが、悪かったと思っている素振りはいっさいない。

そして征眞のどうでもよさそうな——嫉妬《しっと》などまったく感じられない様子に、微妙に落胆してしまう。

それでも、佐古もさらりと答えた。

「いや、初めての女だ。おまえもしばらく顔を見せなかったしな」

つまり、場つなぎの相手だ、と。

征眞にしてもわかっているのだろう。

二人が知り合ってから十七年だ。その間に、佐古が特定の相手を作ったことはなかった。遊んだり、引っかけたりということはしょっちゅうだったにせよ。

「確かに、たまってたようだけどな」

にやりと笑って、征眞が佐古の下着越しの中心に手を伸ばしてくる。

「おまえだって結構がっついてたじゃないか。どうした？　いそがしかったのか？」

たいていベッドでは肉食系の征眞ではあるが、しかしこの夜はいつにも増して激しかったように思う。

ほぼひと月ぶり。多分…、その間に他の相手がいたというわけではないはずだ。

やりたくなったら、真っ先に自分のところに来る。

それは信頼というより、期待かもしれなかったが。

実際、征眞に他の相手ができたからといって、佐古が何か言えるわけでもない。

「先生がな…」

それに征眞が深いため息をついた。ガシガシと長い指先で頭をかき、枕に顎をのせるようにしてうめく。

「公春《きみはる》さんか……」

それだけで察して、佐古も小さくうなった。

征眞の所属する弁護士事務所のボスだ。名久井公春。

名久井という名が示す通り、佐古が若頭を務める名久井組組長、名久井匡来《まさき》の実兄である。兄であり、正妻の息子だった公春だが、跡目は腹違いの弟に任せ、自分は組の法律顧問として弁護士をしていた。その筋には「シニアK」と呼ばれ、警察、検察関係者には天敵とも言える、シビアで容赦のない辣腕《らつわん》の弁護士だ。

……なのだが、いかんせん、つい最近二十歳も年下の若い恋人ができたせいで、今はラブラブの新婚モード、頭の中が春爛漫《はるらんまん》らしい。

もともと気分屋な公春を、征眞がなだめすかして事務所をまわしていたようなところはあったのだが、このところ公春はさらにサボリがちで、その分、征眞にしわ寄せが来ているのだった。

横で見ているだけの佐古にも、その大変さは感じることができる。

が、法律問題なだけに自分に手助けできるところはない。かといって、公春に意見することなど、とても考えられない。

ある意味、公春は組長である匡来よりも恐ろしい、名久井組のラスボス的な存在なのだ。

征眞の毒舌は身が引き締まるような鋭さがあるのだが、公春が本気で怒った時の穏やかな口調は、全身に鳥肌が立つような、刃物が背筋を伝っていくような恐怖がある。

その公春が自分の右腕として全幅の信頼を寄せているのが、この征眞なわけだが。

「まあ…、好きな時に来ればいい。俺もおまえとやるのは嫌いじゃない」

なだめるように、しかし淡々とした、そんな言い方になってしまう。

あくまで長いつきあいである友情の延長。そんな気楽さで。

あるいは、そのつきあいの長さが問題なのだろう。

長くなっただけに、今までの穏やかで安定した関係を変えるのが難しく……恐い。臆病《おくびょう》になってしまう。

佐古の言葉に、征眞がクッ…と喉で笑った。

「ま、適当な女とやるよりは、俺の方がおまえのイイところを知ってるしな」

「それが問題なのかもな…」

指先で意味ありげに胸板をなぞるようにして言われ、なかば本気で、うめくように佐古はつぶやいてしまう。

「どうした？　女より俺の方がよくなったのか？」

ほくそ笑むように、罠《わな》にかかった獲物でも見るような楽しげな表情で言われ、佐古は軽く鼻を鳴らしただけで返した。

……そんなことは今さらだったが。

と、布団を肩まで引き上げ、すでに寝る体勢に入ろうとしていた征眞が思い出したように尋ねてきた。

「ああ…、そうだ。おまえ、明日、ヒマか？」

「俺にヒマがあると思うのか？」

ヤクザは系列の組や兄弟関係の冠婚葬祭を始め、会合やら見まわりやら視察やらで案外、いそがしい。もちろん、表向きの仕事もある。

「そう言うな。つきあってほしいところがあるんだ。うちが顧問をしている会社だが、社長がちょっとタチが悪くてな」

「タチが悪い？」

そう言われると、さすがに気になってしまう。そうでなくともふだんからヤクザとのつきあいが多い征眞だ。そんな人間が、タチが悪いなどと言うのは。

「バックにヤクザがついているということをはっきりさせた方がいいのか？」

聞き返しながら、しかしいくらヤクザ御用達の弁護士事務所とはいえ、表向きそれを標榜《ひょうぼう》しているわけではない。あからさまな脅《おど》しは、それだけで違法ととられるご時世だ。

それを押しても、見える形での示威《じい》行為がほしいのか、とも思ったが。

「いや。さすがにそれはマズイな」

それに征眞が肩をすくめてみせる。

「あー…、実はそこの社長、最近代替わりしたばかりの三代目なんだが、それがデキが悪くてな。社員にも見境なく手を出しているようなんだが…、俺にもちょっかいをかけてきててさ」

「ちょっかい？」

佐古は思わず眉《まゆ》をよせる。

「両刀らしいよ」

征眞がちらっと口元で笑った。

「相手にしてなかったんだが、誘いがしつこくてな。契約のこともちらつかせ始めたし。さすがにちょっとうっとうしいんで、おまえくらい強面《こわもて》のヤツがついてれば、まともに仕事の話だけできるんじゃないかと思って」

そんな説明に、ああ…、と佐古はため息混じりにうなずいた。

弁護士事務所の顧客ということだろう。荒っぽい真似《まね》をせず、相手が察しておとなしく身を引けば、という考えのようだ。

「そうだな…。そういうことなら、ふだんからおまえや公春さんには世話になってるわけだし。できることは協力するが」

さらりとさりげないふうに答えながらも、そんな身の程知らずな若社長がいるのなら、一度ツラを拝んでおいてもいいか、と内心でむっつりと思う。

どこのボンボンだか知らないが、気安くこの男に手が出せると思ってもらっては困る。

「助かるよ」

短く言って征眞がうなずく。

じゃ、よろしく、と事務的な口調で続けると、あくびを一つして、おやすみ、と目を閉じた。

やることをやってすっきりしてしまうと、あっさりと横で寝息を立て始めた男を眺め、佐古はちょっとため息をもらしてしまった。

おたがいになかなかいそがしく、責任のある仕事を抱えているこの年になると、実際のところ、仕事がらみで会う時以外は、本当に顔を合わせてもやるだけの時間になってしまう。

それも、佐古から誘うことは、仕事での打ち合わせのあととか、うまく自然な流れでそうなる以外には、ほとんどなかった。……まあそれは、意地というか、見栄《みえ》というか、そんなところだったが。

がっついているように見られたくない。

自分でもつまらない痩《や》せ我慢だとは思うが、しかしヘタに自分の気持ちを押しつけて、気まずい思いをする必要はないと思っていた。

征眞に重く思われたり、避《さ》けられたりすることを考えると、さすがに思い切れない。征眞にとって自分は、手軽に身体を楽しませてくれる気安い友人であり、仕事上での関係も深い。プライベートで何があったにせよ、この先もおたがい、顔を合わせてつきあっていかなければならないのだ。

まったく、ヤクザの幹部ともなれば、気に入った女――や男でも、手に入れるのに普通は手段を選ぶことはなく、どうにでも好きにできるはずなのだが。

しかし組とのつながりも深い征眞を力ずくでどうこうすることはできず、もちろんする気もない。

やっかいな相手に惚れたもんだな…、と自分でもあきれるくらいだった。

寡黙《かもく》で、無駄口はたたかず、常に沈着冷静で。組に忠実で。

視線だけで相手をちびらせるという強面で通っている名久井組若頭が、まさかそんな恋愛相談を舎弟や側近にするわけにはいかず、情けなく人前で弱音を吐くこともできないのだった――。

◇　◇

佐古が征眞と初めて会ったのは十七年前。

十五歳、高校一年の時だった。

田舎の家を飛び出し、なけなしの金で都会まで出てきた佐古は当てもなく盛り場をうろついていた。

初めて足を踏み入れた見知らぬ大きな街で、正直、十五歳の少年には不安しかなかったが、これ以上、家にいることは我慢できなかったのだ。

佐古は九歳の時に両親を事故で亡くした。親戚《しんせき》の家に引き取られたのだが、両親が残した保険金はいつの間にかすべて、その親戚に横取りされてしまっていた。佐古が成人するまでの生活や学費は、それで十分に賄《まかな》えたはずだったが。

その上、まともな生活もさせてもらえず、家には三畳ほどの物置のような寝る場所が与えられただけで、食事などほとんど出されることはなかった。

中学では昼食代にも困るくらいで、金のかかるクラブ活動などは到底続けられず、佐古はアルバイトで自分の食費を稼がなければならなかった。

それでも外聞があったのだろう、外面だけはいい養父母を演じていた彼らに適当な高校へは押しこまれたが、やはりまともな友達づきあいをするには金も時間もなく、馴染むことはできなかった。

このままあと三年も、と思うと、息苦しさと理不尽さに対するいらだちが募って、結局、すべてを捨てて都会へ出てきたのだ。

未成年で学歴もない自分に何ができるとも思えなかったが、それでも当時すでに一七五に近かった身長と体格のよさで、年齢をごまかせば日雇いのようなことくらいはできるだろう、と安易に考えていた。

しかし、頼る当てもない家出少年だ。寝るところもなく、ホームレスのような生活で、ようやくありついた日雇いの仕事は、一日働かされたあげく、給料ももらえずに放り出されることも多かった。

それでも、歯を食いしばって二週間ほどがたった頃、佐古はその夜の野宿先を探して通りかかった夜更けの公園で、五、六人の男に取り囲まれている征眞を見かけたのだ。もちろん、その時は名前など知らなかったが。

公衆トイレの陰に追いこまれた体勢からでも、征眞はきつい目で男たちをにらみ返していた。

他の男たちは佐古よりもいくつか年上の、徒党を組んで街でいきがっている不良グループといった感じだっただろうか。雰囲気も頭も軽そうな連中だ。

佐古などはカツアゲの対象にもならないくらい、服や靴もすでにボロボロだったが、征眞はそこそこざっぱりとした格好で、金を持っていそうに見えたのかもしれない。

あるいは——やはり身体が目当てだったのか。

遊びでつっこむだけなら、男でも女でもたいして違いはない、という程度の考えで。

遠目でもすっきりと整った容姿で、キレイな男だな…、と素直に思ったくらいだ。輪姦《まわ》して楽しむにはちょうどいい、と考えたのかもしれない。

まだきっちりとした大人になりきる前の少年の体型を残していて、そのあたりも襲いやすかったのだろう。

「やめとけよ。後悔するぞ」

しかし征眞は自分を取り囲んでいる男たちに向かって、凜《りん》と、冷ややかに言い放った。

自分より年上で、ずっと体格もいい連中だ。人数も多い。

だが怯《おび》えた様子もなく、毅然《きぜん》と向き合う姿にドキリとした。誇り高い獣の姿だ。

しかしそんな言葉に、男たちはきゃらきゃらと笑うだけだった。

「へー、どんな後悔？」

「オレたち、人生で後悔ってしない主義なんだよねぇ…。なんなら一度、させてもらいたいもんだよなぁ」

「おまえ、男を知ってそうな顔してるよなー。俺たちにも教えてほしいんだけど？」

自分たちの言葉の何がおかしかったのか、連中は弾けるように笑い出す。

「バカばっかりだな…」

それにため息をつくように征眞がつぶやいた。本当に、救いようがない、とでも言いたげに。

と、その征眞の目が、男たちの肩越しに呆然と立ち尽くしていた佐古を見つけたようだった。

一瞬、視線が絡む。

か、征眞は特に助けを求めるわけでもなく、行けよ、とでも言うように軽く顎を振っただけだった。

関《かか》わるな、と。

「なんだ、てめぇ…っ！」

さすがにバカにされたのがわかったらしく、男の一人がキレたように声を荒げると、いきなり征眞の喉元につかみかかった。

「やっちまえよっ。一度ぶちこんだらおとなしくなるさ…っ」

別の男も興奮を抑えきれないようにうわずった声を上げると、征眞の身体を引きずるようにしてトイレの裏へとまわりこむ。

何か考えていたわけでもなく、佐古は反射的にそのあとを追っていた。

そこではすでに、地面に押し倒された征眞が強引にズボンを脱がされようとしていた。

「好きなヤツはケツで感じて、ヒィヒィ声を上げるってさ…！」

男たちの下卑《げび》た声に、征眞の表情にはいらだちが見えたが、特に激しく抵抗するふうでもない。するだけ無駄だという、投げやりなあきらめ——というよりも、何か別次元から見下ろしているようだった。

一瞬息を呑《の》んだ佐古だったが、次の瞬間、腕を伸ばし、一番手近な男の襟首《えりくび》をつかむと、そのまま引き倒すようにして地面に転がしていた。さらに異変に気づいてふり返った隣の男の腹を思いきり蹴りつけ、そのむこうの男と重ねて押し倒す。

うわっ、とあせったような悲鳴が、バタバタと倒れる音とともに鈍く響いた。

「なんだっ？　——…っ…、ぐ…っ…！」

そこでようやく征眞にのしかかっていた男がふり返り、間髪を入れず佐古はその顎を殴《なぐ》りつける。

「おまえ……」

征眞がようやく影になっていた佐古の顔を確かめたようで、わずかに眉をよせた。

とまどったような、いらだったような表情だ。

「何しやがんだよっ⁉」

とりあえず男たちを引き剝がしてみたものの、結局のところ人数が違う。さらには当時の佐古よりひとまわりほど体格のいい男もいて、佐古はそのあと、ほとんど袋だたきの状態になった。一人に羽交い締めにされて、思いきり顔を殴られ、とり囲まれて入れ替わりで蹴り上げられる。

しかしその乱闘で、男たちはやる気を失ったようだった。

佐古がかなり食い下がって反撃したので、相手にしても無傷ですまなかったこともあったのだろう。騒ぎが大きくなって、様子を見に来た見物人も数名現れ、さすがにまずいという判断があったのかもしれない。

「くそっ、邪魔しやがって…っ」

荒い息をつきながら忌々《いまいま》しげに言うと、地面に倒れた佐古に唾《つば》を吐きかけるようにしてぞろぞろと去っていった。

身体への痛みは確かにあったが、それでもある意味、慣れている――親戚のオヤジにはしょっちゅう殴られていたのだ――こともあり、ダメージの少ない殴られ方は身体が覚えていた。

さらに言えば、精神的なダメージはほとんどない。

多分、見ないふりで去っていればあとあとずっと気になっていただろうから。

そしておそらく、征眞とは二度と顔を合わせられなかっただろう。

地面に転がったまま、少しの間、打撲の状態を確かめ、ようやくゆっくりと佐古は身体を起こした。

「バカだな…。なんで関係ないおまえが出てくんの？」

と、その頭上に冷ややかな声が降ってきた。

あ…、と振り仰ぐと、征眞が腕を組んでなかばあきれたように、なかばうかがうような眼差しで尋ねてくる。

「……別に」

それにつぶやくように佐古は答えた。

本当に確固たる意味などなかった。反射的に身体が動いただけで。

助けてやった、というつもりも、これで恩を売ったつもりもない。

そのまま起き上がった佐古は、服についた土汚れを払うように両手でたたく。そして手前の植えこみの中に放り出していたリュックサックを引っ張り出すと、そのまま何も言わずに歩き出した。

「おい…！　おまえ、これからどこへ行く気だ？」

その背中に、征眞がわずかに声を上げて聞いてくる。

服は薄汚れ、今の自分の全財産ともいうべきリュックサックを担《かつ》いだ姿は、いかにもホームレス寸前に見えたのだろう。

「寝る場所を探さないと」

ふり返り、淡々とそれだけを口にして再び歩き出した佐古に、征眞が短く言った。

「来いよ」

まるで、命令のように。

そして佐古がついてくるかどうかなど確かめることもなく、いったん佐古を追い抜いてからまっすぐに歩き出した。

その背中をとまどったまま見つめ、少し迷ってから、佐古はそのあとについて行った。

実際のところ、当てがあるわけではない。ただ、さっきの連中とまた顔を合わせるのは避けたいな、という程度で。

一度もふり返らず、征眞は小さな通りへと入り、さらに複雑な道を進んでいく。

十分ほども歩いて行き着いたのは、古い雑居ビルだった。

そこでようやく立ち止まった征眞が、ふり返って佐古が追いつくのを待つ。

そしてやはり黙ったまま、軽い足どりで三階へと上がっていった。佐古は迷いながらも、いくぶん筋肉の痛む身体でゆっくりと階段を登る。

征眞がドアを開けたのは、どうやら小さなサラ金——あるいは闇金《やみきん》と言うべきか——の事務所のようだ。

さすがに少し、佐古も緊張してしまう。

どうしてこんなところに連れてこられたのか、意味がわからなかった。

「蓮川《はすかわ》さん」

と、馴染んだふうにあっさりとドアを開いて中へ入った征眞が、カウンターの向こう、一番奥にいた四十がらみの男に声をかけた。

「よう、征眞。今日も別嬪《べっぴん》だな。どうした？　おまえがここに来るのはめずらしいじゃねぇか」

年もずいぶん違うはずだが、それに男が気安い調子で返事をよこす。

「さっき公園でバカな連中に絡まれちゃって。最近、西の方でいきがってるってやつらじゃないかな。こないだ、居酒屋で騒いでたって言ってたでしょう？」

「ああ…、あのクソガキどもか」

そんな言葉に、蓮川と呼ばれた男が顔をしかめる。

「あいつら…、大目に見てたらずいぶんつけあがってるようだな。今度会ったらシメといてやるよ」

「こいつに助けてもらったんです。家出してきてるみたいで。しばらく俺の部屋、泊めてやっていいですか？」

特に説明したわけではなかったが、征眞はきっちりと佐古の状況を言い当てていた。あるいは、そういうことにした方が通りがいいという判断だったのかもしれない。

ほう？　と蓮川が値踏みするように佐古を眺め、顎を撫でた。そしてにやりと笑う。

「ケンカ、強そうだな。ガタイもいいし、面構えもいい」

今日はやられっぱなしで顔も痣《あざ》だらけだし、ふだんからケンカっ早いわけではない。が、男がそんなふうに評するのに、特に口は挟まなかった。

「征眞、おまえよりは正統派なヤクザって風格があるよ」

――ヤクザ……。

なんとなくそんな雰囲気はあったが、さすがに小さく息を呑んだ。

そしてこの時ようやく、「征眞」という名前もわかった。

しかし征眞がヤクザなのか？　とちょっと驚く。

「俺、そんなにチャラいですか？」

「つーか、おまえは微妙に規格外だし、同世代にケンカを売られやすい顔だよ。そいつは逆に避けられる顔だ」

要するに、強面ということだろう。

無愛想で、大人への受けも悪かったが、なるほど、ヤクザのような業界では案外、有利なのかもしれない。

そんな流れで、佐古はしばらく征眞の部屋に転がりこむことになった。

ようやくおたがいに自己紹介をし、タメだということがわかる。

話を聞くと、征眞も同様に家出少年のようだった。

父親を亡くし、母親が再婚したのだが新しい義父との折り合いが悪く、グレて家を出てきたらしい。

……さらりと流したが、どうやらその義父にもちょっと手を出されかけたようだ。

そして征眞が気安い口をきいていた蓮川という男は、このあたりを縄張りにしている「名久井組」

の幹部らしく、征眞もヤクザの予備軍といったところだった。

この頃、ヤクザというものに対して、佐古も通り一遍のイメージしかなかった。

そういう連中と関わるのに多少の恐さはあったが、それでも征眞と一緒にいることにためらいはなかった。

結局、何の技術もなく、取り柄もない自分にできることは、ヤクザくらいなのかもしれないな…、と妙に納得してしまうところもあって。

それからしばらく、佐古は征眞と一緒に蓮川の使い走りのような雑用をして過ごしていたが、少ししてから先代の名久井組長のところに部屋住みとして奉公することになった。

そこで出会ったのが、名久井公春である。

当時三十一歳で、すでに弁護士として独り立ちし、個人事務所を開いていた。

本家の部屋住みとしても格段に若かった二人に、公春は目をとめたようだ。呼び出され、徹底的に勉強させられた。

自分はヤクザの息子だったが、まだ若い二人には、ヤクザになる前に他の道も試してみろ、ということだったらしい。

もともと頭がよかったのだろう、征眞はものすごい勢いで独学——公春がついて教えてくれることも多かったが——を進め、高校卒業資格を取ると、そのまま公春の援助で大学へと進学した。

が、佐古の方はその勉強は苦痛で、成績もふるわず、そのまま組に残ることになった。実際、一つ一つ身体で覚えるヤクザ社会の仕事の方が性に合っていたのだろう。

大学へ入った征眞とは住む場所も変わり、会う機会もめっきりと減って、まったく道が――世界が違ってしまったような淋《さび》しさを覚えていたが、弁護士資格を取った征眞は卒業後、公春の下で働き始めた。

ちょうどその頃、組の中でめきめきと頭角を現していた佐古は、名久井組御用達の弁護士である公春と組とのパイプ役のような立場になった。その関係で、また征眞とも頻繁《ひんぱん》に顔を合わせることができるようになっていた。

征眞は自分のボスであり、今の仕事や社会的な身分をつかむ機会をくれた公春を敬愛していたのだが、しかしながら、公春はもともとクセのある男で、なかなかに扱いは大変なようだった。

特に、ボスとしては、だ。

やり手で、鮮やかな駆け引き、巧みな法廷戦術などには文句のつけようがないのだが、気分屋で趣味人で、仕事もさぼりがちなのである。

征眞が仕事を覚えるにつれ、そして征眞がなまじ仕事ができるだけによけい、だったのだろう。事務所の仕事の大半を征眞に任せ、自分はそれを監督する立場になったのだ。必要な時だけ、口を出すような。

いつの間にか、表面上で見る限り、征眞と公春との立場は逆転し、征眞ががみがみと口うるさく公春を仕事に追い立てるのが日常の光景になり。なんとかそれから逃れようとする公春との攻防が、日常茶飯事になっていた。

おたがいにやり手の弁護士である。

その舌鋒《ぜっぽう》の鋭さ、巧みさはとても余人が口を挟むことのできない域での攻防となっていて、……要するに結構な皮肉や嫌みの応酬となるのだ。どちらが相手の言い分を論破できるか、ハタで聞いていてぞわっと鳥肌が立つくらいのきわどいやりとりになることもある。

征眞の毒舌は、このボスである公春譲りで、その影響、というより、むしろ被害、弊害《へいがい》なのかもしれない。

まあ、征眞自身、公春の事務所を大きくすることに喜びを感じているわけで、自らいそがしくしているところはあるのだが。

そんな中で、征眞にはまともに誰《だれ》かとつきあうとかいう暇も余裕もなかったのだろう。

どこかで、たまりにたまった欲求不満を解消させなければならない。

ついでに仕事の愚痴《ぐち》、公春への文句を聞いてもらえれば、気分もさっぱりする。真剣に相談したいわけではなく、ただうなずいて聞き流してもらえればいいのだ。

そのちょうどいい相手が佐古だった。

おたがいに仕事の内容も、組や公春のこともすべてわかっている。他の人間にはうかつに口にできないやばいネタも、それぞれ問題なくしゃべることができる。長いつきあいで気心も知れていて、おたがいの好みや、口にしてはいけない地雷も理解している。

してみるか？　と最初に誘ったのがどちらだったのか。

佐古からではなかったはずだ。自分にそんな勇気があったとは思えない。

だが身体の相性はよかったようで、いつの間にか二人は気楽なセフレといった関係になっていた。

征眞と初めて出会ってから十七年。

佐古の方に、いつから征眞に対して特別な感情が生まれたのかは、よくわからない。本当に気がつけば、という感じで。

身体の関係ができる前なのか、できてからなのか。あるいは初めて会った時からなのか。

確かに初対面は鮮烈な印象で、その時から特別な存在だった。

たとえどれだけ痛めつけられることがあったとしても、不本意なことに意志を曲げることはない。

佐古にとって、征眞は自由と強さの象徴に思えた。

だからこそ、縛ろうとは思わなかった。今の関係が変わらなければ、それはそれでいい。

身体を慰めてやったり、愚痴を聞いてやったり。自分が征眞にとって心地よく発散できる場所であれば、それが自分の存在価値なのだろう、と。

しかしどうやら、男が三十二にもなると、それだけではすまなかったのだ――。

◇　◇

翌日、佐古はいったん家に帰るという征眞を送って、そのまま言われていた顧客のところへ同行することになった。

行き先はその企業の本社のようだったが、その前に征眞は銀座のブランド・ショップに立ちよった。紳士服の店で、今からそろえるのかと佐古はちょっと怪訝に思っていた。しかも正統的なブリティッシュ・トラッドは、征眞にはめずらしい。

しかしそこで征眞が見立てたのは、佐古のスーツだった。ざっと見まわして、「これにしろ」とテキパキと選ぶ。

「これは…、よくお似合いで」

自分で買う時にはほとんど店員任せだったが、さすがに征眞のセンスもいいようだった。

追い立てられるように試着させられ、店員がため息のような声をもらしたくらいだ。

実際、体格もよく着慣れている佐古は、老舗《しにせ》ブランドのスーツに負けない存在感があった。

「別に今のスーツでもヤクザっぽいってわけじゃないけどな。このくらいかっちりした方がいい」

佐古の姿に一つうなずいて、征眞が言った。

どうやら訪問先には、同僚の弁護士といった形でのぞむようだ。

とはいえ、この姿で征眞の後ろについていれば、ほとんどボディガードといった風情だろう。

もっとも今日はその役目だと佐古は理解していた。ゆうべの話だと、これから会うのは征眞にちょっかいをかけている若社長だと言うし、自分の存在が牽制《けんせい》になれば、ということだ。

そのためには、確かに衣装も必要かもしれない。もともとスーツが何着あっても邪魔にならない仕事でもある。

しかし支払いをしようとした佐古を、征眞が止めた。

「俺に払わせろよ。俺の用だし、もうすぐ誕生日だろ？」

さらりと言われ、自分でも忘れかけていたが、そういえばあさってが佐古の誕生日だった。

覚えていたのか…、というちょっとした感動を覚えてしまう。

もちろん長いつきあいだったが、仕事でバタバタと過ごしてしまうことも多く、おたがいにプレゼントを贈り合うようなこともなかったのだ。

それから向かった先は、十二、三階建ての自社ビルのようで、そこそこ大きな会社なのだろう。

佐古も聞き覚えのある社名だった。会社名というよりも、店名として、だったが。

大都市にチェーン展開している古物商。いわゆる質屋だ。ブランドのバッグやら時計やらを主に取り扱っている。

征眞によると、もともとは先々代が営んでいた質屋を先代が大きくして、一躍全国展開するほどの規模に成長させたらしい。

そのやり手の二代目社長が急逝《きゅうせい》したのが半年前。

跡を継いだボンボンの三代目が、かなりひどい——らしい。

公春の事務所は、名久井組御用達というだけあって刑事事件を扱うことも多いが、組関係以外だと民事も手がけていて、いくつかの企業の顧問弁護士もやっている。

ここもその一つのようだった。

アポイントはあり、受付で征眞が名乗ると、すぐに通された。

受付嬢が必要以上に固い、事務的な受け答えで、その様子が少し気にかかる。視線がどこか落ち着かず、しかし、ありがとう、と征眞が離れようとした寸前にふっと上がった視線が、何か言いたげだった。

征眞の方もそれに軽くうなずいて返したところを見ると、征眞にはわかっているらしい。

そういえば、三代目が見境なく社員に手を出している、とか言っていたが、この受付嬢も被害にあって、征眞に相談していたのかもしれない。

何度か来ているらしく、征眞は慣れた様子でエレベーターに向かっていく。佐古は黙って、そのあとに続いた。

と、最上階で降りたホールで、スーツ姿の秘書らしい女性が待っていた。

四十前といったところだろうか。知的な雰囲気で、ベテランの秘書という感じだ。

「わざわざご足労様です」

と、丁寧に頭を下げてくる。そして見かけない佐古の姿にも会釈した。

「どう？」

それに軽くうなずき、歩き出しながら征眞が尋ねた。

「相変わらずです。先代は本当によくできた方でしたのに」

それに彼女が小さなため息をついてみせた。

「私も今月いっぱいでクビですよ。もっと若くてきれいな子を側《そば》に置きたいみたいで」

いくぶん自嘲気味に笑った女性に、征眞が穏やかに言った。

「三枝《さえぐさ》さんくらいできる方なら、いくでもいい職場はありますよ。私も紹介できますし、……なんならうちに来てもらってもいい。人手が足りませんからね」

「弁護士事務所はさすがに畑違いでしょうけど。ありがとうございます」

それに彼女が微笑んだ。

そして、突きあたった社長室だろう、ノックをして「萩尾さんがお見えになりました」と声をかけると、ドアを開いて二人を中へ通した。そのまま彼女は下がっていく。

「やあ、ひさしぶりだね、征眞くん」

ふんぞり返っていた社長のイスから立ち上がった若い男が馴れ馴れしく名前で呼ぶと、大きな笑みでデスクをまわって近づいてきた。

三十代なかばといったところだろうか。自分たちより、少し年上というくらいだ。

さすがに値のはりそうなブランドのスーツに身を包み、これ見よがしな時計も数百万から一千万クラスのようだ。……ビジネスの場で身につけるものとも思えないが。

素早くそんなことをチェックした佐古に、男がわずかに不機嫌そうに眉をよせる。

ここを訪れる時にはたいてい征眞は一人なのだろうし、佐古の存在を怪訝にも、邪魔にも思っているのだろう。

しかし、いないものとして無視することにしたようだ。

「おいそがしいところをどうも、杉浦《すぎうら》社長。こちらは佐古と言います」

征眞の方はにこやかなまま、しかししっかりと距離をとった挨拶を返し、とりあえず佐古を紹介した。

一応、佐古も頭を下げる。

こんな場合だと、名刺の一つも出すのが礼儀だろうが、さすがに代紋入りのものを差し出すわけにはいかない。

しかし杉浦は気にした様子もなかった。向こうからも出してくる気配はない。

「おいおい…、まさかうちの担当が変わるとかいうんじゃないだろうね？」

いかにも冗談のような口調で、そんなことを尋ねてくる。

「そういうわけでは。勉強のために同席させております」

笑顔のまま、さらりと征眞は流した。

まあどうぞ、とうながされ、征眞に続いて佐古も手前の応接セットのソファに腰を下ろす。

「ところで、どうかな？　この間の話、考えてくれた？」

言いながら、杉浦が向かいに腰を落ち着けた。

何の話なんだか——どのみち口説いていたのだろうが——わずかに身を乗り出すようにして口を開いた杉浦に、征眞は手にしていたカバンから出した書類をテーブルにのせて、さらりと返した。

「その前にこちらをご確認ください。示談が成立しましたので」

「ああ…、つまらない用事を申し訳なかったね」

いくぶん体裁が悪いように咳払《せきばら》いして言ったところをみると、会社としての依頼というよりは私用だったのかもしれない。

「ああそうだ。この礼にどうかな、今晩、食事でも？」

しかし立ち直りが早いのは、さすがと言おうか、感心するくらいだ。

「申し訳ありませんが、予定がありますので」

素っ気なく征眞が返した。

「征眞くんはいつもつれないなぁ…。まあ、そういうクールなところも魅力だけどね」

調子のいい男だ。

「だけど、そろそろそちらの事務所とも契約更新の時期だろう？　もう少しおたがいによく知り合っておくことも大切なんじゃないかな？」

ものやわらかな言い方だが、つまり顧問弁護士としての更新をしたければ、という意味だろうか？

さすがにムカッとして、佐古はわずかに息をつめた。

その気配を感じたのか、さりげなく征眞が佐古の膝をたたく。そしてまっすぐに顔を上げて、ことさらにこやかに言った。

「こちらの会社とは先代の時分からもう二十年近くのおつきあいになりますからね。十分な信頼関係はあると思っておりますが？」

「それはオヤジと名久井さんとの話だろう？　時代は変わったんだ。今の社長は俺だし、実務をみているのも征眞くんなんだしね。このあたりで一度、おたがいの信頼関係を見直してみてもいいと思うんだが」

いかにも意味ありげに言うと、杉浦がソファから立ち上がった。

そしてゆっくりと、佐古たちがすわるソファの後ろまでまわりこんでくる。

「つまり、杉浦社長は私のことを信頼できないとおっしゃりたいわけですね？」

丁重な征眞の口調だったが、聞くものが聞けばかなりの危険水準であるのは察することができる。

「そうじゃないよ。もっとよりよい信頼関係を築けるように、少しくらいプライベートで腹を割って話してみようじゃないかということさ」

優しげな口調で言うと、男が背中から、征眞の肩を撫でるように手を置いてくる。

反射的に伸びた佐古の手が男の腕をつかみ、ほとんど握りつぶすほどの力でそれを引き剝がした。

「触るな」

「なっ…」

低く言った佐古に、男が一瞬、自分が何をされたのかわからないようにぽかんとした表情をみせた。

が、次の瞬間、ようやく痛みを感じたようで、たちまち顔色を変える。

「おい、君！　離せよっ、無礼な男だな！」

そして怯えたような目で佐古を眺め、精いっぱいの虚勢で噛みついてくる。

ちらっと征眞に目をやると、軽くうなずいて返したので、佐古は放り投げるように男の腕を放してやった。

杉浦が飛び退《すさ》るようにしてデスクの方に身体を逃がす。そしていかにも嫌みな調子で口を開いた。

「驚いたよ…、名久井さんの事務所にこんな乱暴な男がいるなんてね」

一瞬、征眞の、そして公春の立場を悪くしただろうか…？　という気はしたが、しかしあんな物言いに、佐古が我慢できないことくらいは征眞もわかっているはずだ。

自分を連れてきた征眞の責任だった。

「失礼しました。まだ研修中なもので」

それにおっとりと征眞が返す。

この男は、事務所の代表である公春が名久井組組長の実兄だということを知らないのだろうか？

ふと、そんなことを思う。

知っていれば、佐古がそっち関係だということくらい想像してもいいはずだったが。

まあ、クライアントにいちいち断るわけではないだろうが、業界では有名な話である。相手にしても、大なり小なり、そのバックの影響力を期待しているところはあり、いずれにしても知らないふりをしている方があとあと便利なのだ。何か問題があった時には、知りませんでした、ですますことができる。

だが先代からのつきあいで、三代目ともなると不勉強なのかもしれない。

「悪いが、こんな乱暴な男がいる会社を信用することはできそうにないね。君の事務所との契約についても、更新は考えさせてもらわないといけないな」

つかまれた腕をさすりながら、いかにも機嫌を損ねたように杉浦が口にした。

それからやおら懐柔《かいじゅう》するように、優しげな口調になる。

「……まあ、征眞くんがそれなりの誠意を見せてくれるというのなら、考え直さないでもないけどね？　実際、オヤジの代からの長いつきあいなんだし」

そう言えば、征眞があわてて何かフォローに走るとでも思ったのだろうか。

しばらく黙ったままの征眞をいくぶん勝ち誇ったような表情で見下ろしていた杉浦だったが、やがて征眞が喉で笑うようにして顔を上げたのに、わずかに目をすがめた。

「お父様《とうさま》の代からのおつきあいでしたから、うちも今まで我慢してあなたに協力してきたつもりだったんですが。残念ですね」

「なんだと……？」

はっきりとした征眞の言葉に、杉浦の表情がわずかに強ばる。

「おまえ…、おまえはただの雇われ弁護士だろうがっ。勝手に契約を切れるはずはないだろうっ。そんな生意気な口をきいてていいのかっ？」

「この程度の会社でしたら私の一存で切っても特に問題はありませんが、……一応、先生におうかがいを立てておきますか？」

そんな男の唾を飛ばすような咆哮《ほうこう》を受け流し、征眞はポケットから携帯を取り出した。

まあ実際のところ、今の実務のほとんどをまわしているのは征眞なのだ。特に民事の方は。

あせったような杉浦を尻目に、征眞は公春に電話を入れる。

「……ああ、祐弥《ゆうや》？　先生に代わってくれるかな。……ダメだよ。居留守はなし。大切な用件だから」

おそらくこの時間なら事務所の公春のデスクに直接かけたのだろうが、出たのは祐弥だったようだ。

やはり事務所に籍を置く弁護士で、征眞の後輩ということになる。公春の秘書のような仕事をしており、……まあ、公春の溺愛《できあい》している若い恋人である。

「先生？　征眞です。すみません、杉浦さんのところですが、……ええ、そうです。こちらとの契約、更新しなくてかまいませんか？　……ええ、あさってが期日だったと。……はい。問題も多いですからね」

さらりと征眞が口にした言葉に、杉浦が目を剝いた。

「問題だと……？」

「はい、ではそのように。……あ、祐弥に代わってくれますか？」

どうやら公春はあっさりと了承したらしく、征眞は再び祐弥に電話をもどしてもらっている。

「あ、祐弥。杉浦さんのところと契約が切れるから、書類にしておいて。それと、榛名《はるな》さんにうちと杉浦さんのところが切れたことを伝えておいてもらえるかな？　気にしておられたから。あと、再建に手を上げげそうな会社をリストアップしておいて。……そう。よろしく。……ああ、先生をサボらせちゃダメだよ。ちゃんと仕事させてね」

そんな言葉で通話を終える。

携帯を内ポケットにしまい直すと、征眞はゆっくりと立ち上がった。

つられるように佐古も、ソファから腰を浮かせる。

「ではのちほど、正式な書類は送らせてもらいますので」

淡々と言った征眞に、負け惜しみのように杉浦がわめいた。

「い…いいのか、それでっ!?」

「かまいませんよ、別に。何か問題なんですか？」

さらりと聞き返されて、杉浦が言葉につまる。あまりに自分の予想と違って混乱しているらしい。

「は…榛名っていうのは誰だ……？」

そして気になっていたのか、唾を呑んでそんなことを尋ねてきた。

それに征眞が大きなため息をついてみせた。哀れむような目で男を眺める。

「それをすぐに思い出せないあたりが、あなたの問題なんでしょうね」

では、と軽く会釈を残して、征眞が社長室をあとにした。

佐古も牽制するように後ろをちらっと鋭い目で眺めてから、後ろに続く。

……しかし。

「よかったのか？」

エレベーターを待ちながら、佐古は思わず確かめていた。

実際、こうならないためにわざわざ自分を連れてきたのではないかと思うのだが、むしろ火に油を注いだような気もする。

「まあ、時間の問題だっただろうからな」

首筋を撫で、征眞が肩をすくめた。

「俺もこれ以上、うっとうしい相手をするのも疲れてたし」

「だったらかまわないが」

しかしこれでは、佐古はスーツを買ってもらっただけで、いささか働いていない気がするのだが。

いくらあの男が実力行使に出たにせよ、あの場で征眞を押し倒せたわけではないだろう。

……と思うのだが、危うかったのだろうか？

そんなことを考えながら、やって来たエレベーターに乗りこみ、一階フロアの正面ホールまで進んだ時だった。

「――おいっ！　おい！　ちょっと待てっ！　待ってくれっ！」

血相を変えた声が背中から追いかけてきて、佐古はふっと足を止めた。

さっきの杉浦の声だ。

ちらっと横を見ると、やはり足を止めた征眞が口元に不敵な笑みを浮かべて鼻で笑っている。

……どうやら、杉浦の追いかけてきた用件はわかっているようだ。

ちょうど正面玄関を入ったところ、受付の真正面で、来客も通りかかった社員たちも、驚いたようにその若社長の姿を眺めている。

懲《こ》りずに征眞の肩につかみかかろうとしたのを、佐古はとっさに間に入って男の身体を突き放した。

杉浦は無様に転びそうになっていたが、さっきみたいに嚙みついてくることはなかった。それどころではないらしい。

「お…おまえ……っ、いったい何をしたんだっ⁉」

怯えたような顔で征眞を見つめ、そんなことを問いただしてくる。

「何ですか、いきなり」

それにおっとりと微笑んで、征眞が聞き返した。

「うちの…、メインバンクがいきなり手を引くと言ってきたのは……おまえが手をまわしたからなのかっ？」

男の目の色が変わっていた。さすがに暢気《のんき》な三代目でも、それが何を意味するのかくらいは想像できるらしい。

とはいえ、それをこんな場所で叫ぶのはどうかと思うが。

あっけにとられた様子でこちらを眺めていた来客の何人かはあわてて携帯をとり出して、おそらくは自分の会社へだろう、連絡している。何かの取り引きで赴《おもむ》いたのだろうが、大きく事情が変わってくるのだ。

質屋がまわす商品の買い取りは、すべて現金が基本だ。多額の現金が必要な仕事で、まさしく会社の生命線と言える。つまりそれを融資しているメインバンクが手を引くということは、即座に会社が動かなくなるということを意味しているのだ。

「杉浦社長…、そんなに大切なメインバンクなら、榛名頭取のお名前くらい覚えておいてしかるべきじゃありませんか？」

静かに微笑んで言った征眞の言葉に、あっと男が息を呑んだ。

「お…、おまえっ、何を言ったんだっ？」

「こちらとの契約が切れたことをお伝えしただけですよ。実は榛名さんとは以前から貴社についてよくお話ししてましてね。代替わりされてから、新しい社長に不安がおありだったようで。このまま融資を続けるかどうか迷っていらしたのですが、うちの事務所がこちらと契約している限りは少々問題があっても処理できるだろうということで、了解されていたんですよ。ですが、残念ながらその契約も切れることになりましたから、榛名さんもお考えになったのでしょう」

さらりと言った征眞の言葉に、杉浦は呆然と言葉もなく唇を震わせた。

「そ…、そんな……」

さっきまできっちりと撫でつけていた髪は乱れ、ダンディに決めていたスーツも崩れている。

「それは困る！」

そしてハッと我に返るように声を荒げた。

「契約を切りたいと言ったのはそちらですよ？」

「ち、違う！　考えたいと言っただけだっ」

今まで見せていた傲慢な様子は影もなく、あわてて言い訳を始めた。まったく往生際が悪い。

「そうですか。何にしても、結果は変わりませんから」

「ちょっと待ってくれ！　考え直してくれないかっ？　このままだとうちは……！」

素っ気なく言い放った征眞に、杉浦が悲鳴のような声を上げた。

「どうなりますか？」

にっこりと、征眞が微笑んでみせた。

まさに背筋が凍るような、悪魔の笑みだ。

こいつが敵じゃなくてよかった…、と思わず佐古でもため息をついてしまう。

「おまえ…、おまえは俺の会社を潰《つぶ》す気か……？」

大きく目を見張り、かすれた、恨みがましい声で杉浦が言った。とても信じられないというように。

現実が受け入れられないように。

「潰れるかどうかは、あなた次第だと思いますが。あなたが今ここで社長を辞任して経営をどなたか別の方に任されるというのでしたら、私ももう一度、先生や榛名さんにかけ合ってみてもかまいませんよ？」

「バカな…！」

そんな征眞の提案を、杉浦は一蹴《いっしゅう》する。

「そんな難しいことじゃないだろうっ？　ただ契約を更新してくれればいいだけだ！」

もどかしげに杉浦が食い下がってくる。

今にも征眞につかみかかろうとする男を、佐古は片腕で押しとどめた。本当は顔面に蹴りを入れてやりたいくらいだ。

そんな男を冷ややかに見つめ返し、征眞は表情も動かさずに言った。

「ではあなたに今ここで土下座して、私の靴にキスでもしてもらいましょうか？　先ほどの非礼を詫びる意味で」

「なっ…」

あまりの暴言に、杉浦が絶句する。

どうやら今さらに、自分がちょっかいを出していたのが可愛《かわい》い子猫ちゃんではなく、寸分違《たが》わず喉笛を切り裂く危険な豹だと気づいたらしい。

しかも相当にひねくれて、タチが悪い。

「そのくらいあなたがプライドを捨てて、一からやり直す覚悟がおありだということでしたら、私も考えてもいいですけどね」

感情もなくただ冷たい声に、男は目を見開いたまま、征眞を見つめていた。

混乱と怒りで、顔がじわじわと赤く染まっていく。ぶるぶると唇が震え出す。

「そのくらいできないようでしたら、とてもあなたが変わるとは思えませんし。ご自分の立場を利用して社員に手を出すような社長を、社員たちが尊敬できるはずもありませんしね。軽蔑《けいべつ》している社長のもとで、まともな経営が成り立つとも思えませんから、榛名さんとしても当然のご判断でしょう。

……失礼」

それだけ言い放つと、征眞はするりと男に背を向けた。

呆然と立ち尽くした男を残し、佐古も征眞の後ろからビルをあとにする。

「……おまえ、そのうちに背中から刺されるぞ」

駐車場に停《と》めていた車に乗りこみながら、佐古は思わず低くうめいた。

ふだんなら運転手がいるところだが、今日は邪魔をされたくなかったので、佐古が自分で運転している。

「ヤクザよりタチが悪いとは思えないけどな？」

「どうだか」

とぼけたように答えられ、佐古はため息とともに肩をすくめた。

ヤクザ相手なら、まだ仕方がないとあきらめる連中も多いだろう。だがなまじカタギの仕事だけに、裏事情を知らなければ逆恨みしてくるヤツもいる。

まったくこんな過激さと危うさも昔からで、それだけに目が離せないのかもしれなかった――。

◇　　◇

それから二週間ほど。

相変わらず征眞は毎日いそがしくしているようで、佐古にしても暇なわけではなく、まともに顔を合わせる機会はなかった。

何かの連絡事項のついでに電話で話すことは何度かあったが、やはり征眞は雪崩《なだれ》のように押しよせてくる仕事に殺気立っているらしく、うかつなことも口に出せない。

どんな一言で評価を下げるか、わかったものではないのだ。

身体の相手としてはそれなりに合格点をもらっているようだったが、やはり愚痴を聞いてやれる相手、さらには仕事もできるパートナーとしての立ち位置はキープしたい。

まあ、一方的に組の連中が征眞の手を煩《わずら》わせることが多いわけだが、その中でもなるべく手間をかけないように、連絡や報告事項などはスムーズにしておきたい、というところだ。

佐古の耳に思ってもみなかったその話が入って来たのは、十月のなかば過ぎのことだった。

「そういえば征眞さん、お見合いしたんだそうですねー」

マンションで部屋の掃除をしていた若い舎弟が、いきなり思い出したように口にしたのだ。

佐古の下にいる中では一番若い男で、それだけにお調子者でもある。

「おい…っ、タカっ！」

それをあせったように道長が叱りつけたところをみると、どうやらそこそこ広がっている噂《うわさ》のようだった。

叱られたタカの方は、「えっ、何が？」というようにきょとんとしている。

佐古の舎弟であれば、たいてい征眞がマンションに出入りしていることは知っている。ただそれは、古くからのつきあいであり、気が向いた時のセフレだという認識のようだった。

どちらかというと征眞が押しかけてくることが多いわけで、むしろ「頭《かしら》がヒスってる征眞さんをなだめてるんだな」という、いささか同情の目で見られているという感じだ。

おそらく征眞には不本意なことだろうが、まあ表向きそう見えるのは仕方がない。

征眞は、名久井組にとっては身内の組員以上にＶＩＰなのだ。佐古も邪険には扱えないんだろう、と理解していたとしても無理はなかった。

だから、征眞が結婚でもして押しかけてくる回数が減れば佐古ももっと落ち着いて女が呼べるし、この間みたいに怒らせることもないだろう、という、彼にとっては、いわばいいニュースを報告したつもりなのだろう。

ただおそらく、側近の道長だけが佐古の微妙な感情に気づいているのかもしれない。あえて口にはしなかったが。

佐古としてももちろん、知らないふりをしてくれていた方がありがたい。

見るからに強面な佐古は、一般には寡黙で、仕事にも女にもクールな若頭で通っているわけで、舎弟の前で惚れた腫《は》れたと弱みをさらすことはしたくなかった。

……なのだが、さすがに聞き捨てならない話だ。

「そうなのか？」

佐古は内心の動揺を抑え、あえて平然とした何でもない世間話といった様子で、道長に確認する。

「ええ…、まあ、そんな話はちらっと」

どうやら道長は知っていてあえて口にしなかったようで、それにはいくぶん不機嫌になってしまう。

征眞のことならどんなことでも——たとえ自分にとって不愉快な内容でも——把握しておきたかったし、気を遣われているのもおもしろくない。

「公春さんが組長とそんな話をしているのを耳にしたヤツがいて」

視線を逃がし、耳のあたりをかきながら、いくぶん言いにくそうに道長がようやく続けた。

「征眞さんも女ができれば少しは丸くなるんっすかねぇー」

ははははっ、と明るい声を上げた後輩を、道長が黙ってろっ、と怒鳴りつけている。

どうやら征眞は、佐古の舎弟たちにはかなり傍若無人《ぼうじゃくぶじん》でキツイ性格に見られているようだ。……まあ、間違ってはいないのだが。

ただ、ベッドの中だと案外可愛いところもあったりはする。

しかしそんな話を聞いたからといって、佐古の方からわざわざ確認の電話などすることはできなかった。何か連絡をとる用があればそのついでに聞くこともできるのだが、あいにくそんな口実が今のところは見あたらない。用もないのに電話などをして、ただでさえいそがしい仕事の邪魔をすれば、どんな罵《のの》りの言葉が浴びせられるかわかったものではなかった。想像しただけで心臓が冷える。

気になったもののの真偽もわからず、人知れず悶々《もんもん》としていたある日、佐古は組長である名久井匡来に本家へ呼び出された。

「……ったく、やっかいなことさ。元を正しゃ、オンナの問題だろ？」

渋い顔でうなった組長の懸案は、佐古にも察しはついていた。

「例の阿川《あがわ》組と寺岡《てらおか》組の件ですか」

一触即発というか、抗争寸前の状態だという話は佐古も聞いている。

その二つの組も、そして佐古のいる名久井組も同じ神代会という二次団体に属しており、名久井の組長はそのどちらとも兄弟関係にあったので、他人事として知らぬ振りもできないようだ。

そもそもの始まりは、組長が言うように女だった。……らしい。

寺岡の舎弟が、ホステスをしている阿川組長の女についうっかりと手を出したのだ。女としてはちょっとした浮気のつもりだったようだが、思いの外《ほか》、男が本気になった。つきまとわれ、しかし女としても自分の浮気がバレたら阿川組長にどんな目に遭わされるかもわからない。あわててあしらっている間に、阿川組の取り引きの情報を何かの拍子で口走ってしまった。それを聞いた男は、女が自分のモノにならない腹いせもあってその取り引きの邪魔をした。

――そのあたりから、話が大きくなったのだ。

その取り引きというのは覚醒剤《かくせいざい》関係で、神代会では建前上、クスリは御法度ということになっている。まあ、あくまでも表向きで、裏では手を出しているところは多いわけだが。

それだけに阿川組でも表だって抗議はできず、しかし裏では当然、邪魔をした男を捕まえて、きっちりと借りは返さなければならない。でなければ、メンツが立たない。

だがその男というのは寺岡組長が可愛がっている実の甥《おい》で、息子のいない組長は跡目にと考えていたようだ。当然、寺岡は甥をかばう。

寺岡の舎弟が数人捕まって、見せしめのように半殺しの目に遭わされ、さすがに青くなった男は消息を絶った。その間にも下っ端同士で小競り合いが激化し、組事務所に銃弾が撃ちこまれ、……とお決まりの展開になっていた。

それぞれの言い分としては、「取り引きの邪魔をしやがってっ」というのと、「女を寝取られんのは甲斐性《かいしょう》がないからだろっ」という、いささか噛み合っていない泥仕合だ。

警察の目も、世間様の目もうるさくなりつつあり、いいかげんどうにかしろ、と神代会の幹部から、双方にツテのある名久井組長がせっつかれた、ということのようだった。

「俺の立場としちゃ、どっちにつくわけにもいかねぇしなァ…」

やれやれ…、と組長がため息とともに首の後ろをかく。

「手打ちの場を設けるにしても、阿川のヤツが相当頭に来てるみてぇでな……。とりつく島もねぇんだよ」

「悋気《りんき》持ちな方ですからね…、阿川の組長は。相手の…、三沢《みさわ》とかいいましたか、寺川の甥は。その男が二十歳も若かったのがよけいカンに障ったんでしょう」

佐古の言葉に、組長がにやりとしてうなずく。

「わからねぇでもないがな。もともと寺岡との相性もよくなかったしなァ…。おたがい、引くに引けねぇんだろ。だがこれ以上長引かせると、次の幹部会の議題になる。そうなりゃ、その三沢ってヤツの破門くらいは要求してくるだろ。寺岡がそれに素直に応じるとは思えねぇしな」

本格的な潰し合いになりかねない、というわけだ。

「なんとか阿川をなだめる手はねぇか？」

難しい顔で聞かれ、佐古は組長の前できっちりと膝を合わせたままうなずいた。

「わかりました。阿川の組長とはまんざら面識がないわけじゃありませんし、なんとか手打ちに持って行けるように、一度、俺の方から話してみましょう」

「おいおい…、簡単に言うが……大丈夫か？」

さすがに組長が驚いたように目をすがめる。

確かに、ヘタをすればよけいにこじれるし、名久井組を巻きこむことにもなりかねない。

それでも佐古は淡々と続けた。

「わざわざ組長がお出になると大事になりますし、よけいどちらも引けなくなるでしょうからね。俺くらいなら世間話ですみます。それに、そろそろ阿川組長にしても決着をつけたい頃合いだと思いますよ」

佐古の言葉に組長はしばらく顎を撫でてうなっていたが、やがてうなずいた。

「そうか…。よし、だったらやってみてくれ」

はい、と深く一礼して、佐古は下がった。

「だ…、大丈夫ですか、頭……？」

後ろの廊下で控えたまま話を聞いていたらしい道長が佐古のあとから従いながら、いくぶん青ざめた顔で聞いてくる。

「阿川の組長といったら…、相当……その、血の気の多い方ですよ？」

「放っておくわけにもいかないだろう」

それにさらりと答え、佐古は玄関前に停めていた車に乗りこんだ。

「阿川組の本家に行ってくれ」

ハンドルを握っていたのは、一番下っ端のタカだ。

その後ろ頭に無造作に告げた佐古に、助手席に乗りこんだ道長がうわずった声を張り上げる。

「今からですかっ？」

「さっさと片をつけた方がいいだろう」

むっつりと佐古は答えた。

正直なところ、佐古にしてみればこんなつまらない問題に関わっている心の余裕はなかった。

征眞の見合いの話が本当かどうか、それをどうやって聞けばいいのか、そっちの方に頭を悩ませている時なのだ。それこそ、ヘタな聞き方をすれば征眞を怒らせかねない。

どう考えても、阿川の組長を怒らせるより征眞を怒らせる方が恐い。

一時間ほどで到着した阿川組組長の本家は、いかにも物々しい様子だった。いつになく組員が数人、門の前で張り番をしている。まあ、いつ鉄砲玉が飛びこんで来てもおかしくないという厳戒態勢なのだろう。

門の前に停まった佐古の車にも、たちまち人相の悪い男たちが群がってきた。

「てめぇ、何の用だっ？　ここが誰の住まいか――あ…っ」

助手席のウィンドウを手の甲でたたいて凄《すご》んだ組員が、後ろに乗りこんでいた佐古の顔を見てあせったように口をつぐむ。どうやら顔を見知っていたらしい。

「名久井組の佐古だ。阿川組長がご在宅なら、少しお時間をいただけないか聞いてもらえるか？」

「わ、わかりましたっ！　しょ…少々お待ちいただけますかっ！」

ウィンドウをわずかに下げて無表情なままに言うと、若い組員が叫ぶように答えて、飛び上がる勢いで門の中に消えていく。

そしてすぐに走って出てくると、「お会いになるそうです」とドアの前で丁重に頭を下げて言った。それに鷹揚《おうよう》にうなずくと、すでに車を降りて待っていた道長がドアを開けてくれる。そのまま道長をともなって、佐古はスーツのボタンをきっちりとかけ直しながら本家へと足を踏み入れた。

いくどか訪れたことのある屋敷だ。大きな玄関を入ってすぐの和洋折衷の広い応接室へ通された。

二十畳ほどもあるだろうか。組員が二人、戸口のあたりで直立していた。

佐古は革張りのソファにすわって待っていたが、道長はその後ろに立ったままだ。話の内容がわかっているだけに、緊張で落ち着かない様子だった。

まもなく部屋住みらしい若いのがお茶を運んできて、ほとんどそれと入れ違いに阿川の組長が舎弟を一人連れて顔を見せた。五十くらいの大柄な男で、いかにもヤクザらしい人相風体だ。独特の凄みを発散させている。

「おう…、佐古か。ひさしぶりだな。今日はどうした？」

何気ない様子で声をかけてきたが、その探るような眼差しからも、佐古の用件はうすうす察しているのだろう。

「ご無沙汰しております。突然お邪魔して申し訳ありません」

いったん席を立ち、佐古はきっちりと頭を下げる。そして相手がすわるのを待ってから再び腰を下ろし、まっすぐに前を向いて口を開いた。

「阿川の組長を相手にまわりくどいことを申し上げるつもりはありません。例の寺岡組との件ですが、……どうでしょう、そろそろ収め時じゃないかと思うんですが」

「あぁ？」

前置きもなく真正面から切り出した佐古の言葉に、さすがに不機嫌そうに阿川がうなった。

「おい、佐古…、てめぇに何の関係がある？」

その組長の様子に同調して、やはりソファの後ろに立ったままだった舎弟がことさらに気色ばんだ声を上げる。

「佐古よ…、てめぇ、何様のつもりだっ？　おまえが横から口を出すことじゃねぇだろうがっ！　えぇっ！　いつからうちの組長に意見できるほど偉くなったんだよっ!?」

その険しい口調に、後ろで道長が息を呑んだのがわかった。

しかし佐古は男の恫喝《どうかつ》には顔色一つ変えず、ただじっと目の前の男から視線をそらさないまま、穏やかに続けた。

「ですが、ことはすでに幹部会の耳にも入っていますからね。これ以上、騒ぎを大きくしてもいいことはないと思いますが」

それに、いらだたしげに阿川が足を踏み鳴らす。

「ふざけんじゃねぇっ！　あれだけコケにされたんだぜ？　黙って引き下がれるわけがねぇだろっ。ああっ？　佐古、おまえだってそのくらいはわかるだろうが！　幹部会がなんだっていうんだっ？収めたいんなら、寺岡の方からきっちりと詫びを入れにくるのが筋ってもんだろっ！」

その怒号にピリピリと空気が震え、戸口で立っていた舎弟たちの身体もわずかにビクッと揺れる。

「三沢とかいうのガキのクビを持ってこねぇ限り、話にならねぇんだよっ！　どこかにコソコソと隠れて震えてるようだがなっ」

「てめぇ、まさか寺岡の野郎の肩を持つ気じゃねぇだろうなっ？　ああっ？　名久井の組長はそのつもりでいるのかっ!?」

後ろで舎弟がさらに吠《ほ》え立て、戸口に立っていた二人も、返答次第では、と言わんばかりにじりっとこちらに迫ってくる。いつでも懐《ふところ》の中のモノを取り出せるぞ、という脅しか、片手をわずかにスーツの中に潜りこませて。

「頭…っ」

後ろで道長がかすれた声を上げた。道長にしても、それなりの覚悟がいる状況なのだろう。

ピン、と張りつめた空気の中、しかし佐古はそっと息を吐いた。

あえて構えることのない無防備な様子で、余裕と落ち着きを示してみせる。男の問いには答えないまま、ゆったりと膝の上で指を組んで、いかにも何気ない調子で言った。

「その三沢ですが、博多の方に逃げてるんじゃないかという話ですよ。寺岡組長の母親、三沢の祖母に当たる人は博多の煌陣会《こうじんかい》の出ですからね。そっちに匿《かくま》われているとすると、ちょっとやっかいなことになるんじゃないですか」

その言葉に、阿川がわずかに息を吸いこんで眉をよせた。ピクッとこめかみのあたりを引きつらせ、不機嫌に佐古をにらんでくる。

「てめぇ…、俺が煌陣会の名前にびびるとでも思ってんのかっ？」

低く凄んできたが、視線がわずかに落ち着かない。どうやらそのつながりまで考えていなかったようだ。

佐古は穏やかな口調で続けた。

「そうじゃありません。今回のことはどう考えてもあっちに非がある。阿川組長のお怒りはごもっともですが、ここは一つ、組長の懐の広さを見せてやるいい機会かとも思うんですよ」

佐古の言葉に、バカバカしいとでも言うように、ハッ、と阿川が鼻を鳴らしたが、それでもちょっと考えるように指先が顎を撫でる。

「おまえ、俺がそんなお為《ため》ごかしにのるとでも思ってんのかよ」

「寺岡の組長も三沢も、今は震えながら落としどころを探っているんですよ。あまり追いつめすぎると窮鼠《きゅうそ》猫を嚙むと言いますからね」

「おまえ、俺があんな連中に嚙まれると言いてぇのか？」

指で肘掛《ひじか》けをたたきながら、阿川が嚙みついてくる。

「三沢が追いつめられた鼠《ねずみ》だということです。他にどうしようもないくらい追いつめられれば、一か八か嚙みついてくるしかなくなる。もちろん組長には毛ほどもキズはつかないでしょうが、それでもそんなことで当局に目を着けられるのは面倒ですし、幹部会の方もうっとうしく思うでしょうからね。鼠とのケンカに虎が出てくる必要はないんじゃないですか」

格が違うのだ――、と。言外にそう持ち上げてやる。

「まァ…、そういう見方もあるだろうけどな……」

まんざらでもなさそうに、阿川が低くうなった。

「ここは私の顔を立てて、なんとか矛を収めていただけませんか？　私が指を詰めるくらいで組長の気がすむようでしたら、不調法ながらこの場でさせていただいても」

「おい、佐古…。おまえがエンコ詰めるような筋じゃねぇだろ」

淡々と口にした佐古に、いくぶんあわてたように阿川がわずかに腰を浮かせる。

それをまっすぐに見つめ返して、佐古は淡々と言った。

「ケンカは両成敗が基本です。この件が正式に幹部会で問題になれば、阿川組長もタダじゃすみません。そうなれば神代会にとっても大きな損失ですよ。私の指一本と引き替えられるくらいなら安いもんでしょう」

「佐古…、おまえ……」

驚いたように、そしてその言葉に感動でもしたのか、阿川がわずかに目を見開き、かすれた声でつぶやく。

「組長。今回のことは元はと言えば赤坂の姐さんの浮気からだと耳にしましたが…、姐さん、ずいぶん後悔しておいででしたよ」

それに重ねるようにして、佐古は静かに続けた。

「会ったのか？」

阿川が眉をよせる。

「ええ。先だって近くまで行ったもので、店に飲みによらせてもらいました。組長、このところ別に若い女ができて、しばらく姐さんのところには通ってなかったそうですね」

「そんなこと言ってやがったのか？　あいつ」

チッ…、とどこか体裁が悪いように舌を弾く。

「姐さんも淋しかったんじゃないですかね。それで、つい妬《や》かせたくてわざと若い男と浮気をしてみせたんじゃないんですか？　姐さん、組長にはベタ惚れですから。三沢はいい面の皮ですがね。やっぱり組長とは比べものにならないと言ってましたよ。あっちの方の強さも」

「バカが…。そんなつまらねぇことをしやがるからこんな大騒ぎになるんだ」

こめかみのあたりをかきながら、いくぶん照れ隠しのように組長が鼻を鳴らす。

「可愛いじゃないですか」

「浅はかなんだよ、あいつは。……まあ、なんだ。あんなガキのことは目くじら立てるような話じゃねぇんだろうけどな。ただ取り引きを潰されたことに関しちゃ、黙ってられねぇからな」

かなり機嫌も直ったようだった。結局のところ、感情的に納得できないのは男のプライドの部分だったわけだろう。若い男に女を寝取られた、という。

その気を逃さずに、佐古は落ち着いて続けた。

「もちろんですよ。その件については、あちらに相応の詫びを入れてもらう必要がありますからね。……どうでしょう？　手打ちの方、うちに任せていただけませんか？　悪いようにはしません」

「そうだな…。まあ、ここはおまえの顔を立てて、名久井のヤツに任せることにしてもいいがな」

しぶしぶといった調子で、しかし阿川にしてもこれ以上、争っても益はないとわかっているのだろう。自分のメンツが立つ決着がつけばいいのだ。

「ありがとうございます。では名久井の方で仕切らせていただきますので。阿川組長の顔を潰すようなことにはなりませんから、ご安心ください」

「ああ、頼むわ」

「今夜あたり、姐さんのところによってやってください。見捨てられたんじゃないかって、まともに眠れないようでしたよ」

「よけいな世話だぜ」

じろりとにらまれたが、最初の時のような剣呑さはない。むしろ軽口に近い。

「では、今日のところはこれで失礼します。また細かいところが決まりましたら、ご連絡させていただきますので」

丁重に一礼して、佐古は部屋を出た。

ご足労様でしたっ！　と玄関先で阿川組の舎弟たちの大合唱に見送られ、ようやくタカが手持ち無沙汰な様子で待っていた車にもどる。

佐古はリアシートに、そして後ろからついてきた道長が助手席に乗りこんで、車が走り出したとたん、ふぃぃぃぃ…っ、と道長が詰めていたような長い息を吐き出した。

「勘弁してくださいよ…。生きた心地、しませんでしたよ……」

「そんなにすごかったんっすか？」

やれやれとうめいた道長に、興味津々にタカが尋ねている。

「ああ、すごかったな。……さすがですよ、頭。あれだけうまく渡り合えるってのは…。阿川組長の機嫌、すっかり直ってましたからねえ…」

しみじみ言いながら、額の汗を手の甲で拭う。

「ヤクザってのは男の立て方だからな。そこさえ守ってやれば、あとは大きな問題じゃない」

シートに深く背中を預けながら、佐古はさらりと言った。

「女のことだってそうですよ。頭もそういう人情の機微には聡《さと》いのに、どうして征眞さんには弱……

――あ…、いえ」

じろっと無意識ににらんだ気配を察したのか、道長がごほっと咳払いして口をつぐんだ。

佐古は知らずため息をもらし、片手で喉元のネクタイを緩める。ぼんやりと、ウィンドウに流れる風景と二重写しになっている自分の顔を眺めた。

放っておかれると淋しい、と思ってしまうのは、女じゃなくても同じだ。……もちろん、そんな情けないことは口にできず、顔にも出せないわけだが。

そして佐古が女を連れこんだところで、征眞にとっては想定内の事象に過ぎず、法廷での検察側反論ほどにも気にかけることではない。

ともあれ、組にとってはこれで大きな問題が一つ片づいたわけだが、佐古自身の問題は何も解決していないのだった——。


結局どう動くこともできず、それから一週間ほども佐古は落ち着かない時を過ごすことになった。

——見合いなんか、本当にしたのか……？

それを考えるだけで、胸がざわざわする。

今まで征眞が結婚したいなどと口にしたことはなかったし、そう思っているなどと想像したこともなかった。だが、そういう話が出ても不思議ではない年でもある。そうでなくとも征眞はカタギの人間なのだ。社会的な地位もある。

電話を一本かけて、一言聞くだけではっきりすることだったが、「そんなつまらない用で俺の時間をムダにしたのか？」と冷ややかな言葉を浴びせられるのを想像しただけで、携帯を取り出す指も凍りついた。私生活を束縛するような、暑苦しい男だと思われたくもない。

阿川の組長が態度を軟化させたことで、寺岡との手打ちの準備は着々と進んでいたが、佐古の内心のあせりといらだちは募るばかりで――もっとも顔にも態度にも出ることはなく、ただいつもよりさらに口数が減っていたくらいだ。

それでも道長や、ふだんまわりにいる舎弟たちはなんとなく兄貴の不機嫌さを感じていたようで、しかしおそらく道長以外はその理由がわからず、とまどっているようだった。何が地雷かわからないだけにうかつなことは口にできず、会話も様子をうかがいつつになる。

そんな中、征眞がふらりとマンションへやって来た。例によって予告も断りもなく、だったが、いつものことだ。

かなり遅い時間で、接待帰りだったのか少しばかり酒も入ってるようだった。

この日は幸か不幸か、佐古の方にも呼んでいる女はおらず、しかし征眞が顔を見せるだけで、佐古の舎弟たちは少しばかり浮き足立っていた。征眞が別に彼らに何か言うわけではないと思うのだが、よほど恐れられているらしい。

もしかすると、兄貴分である佐古よりも、だ。

そして征眞の用と言えば一つしかなく、相変わらず問答無用で佐古はベッドへ押し倒され、手際よく勃《た》たされて、征眞の望むように使われる。

見せかけの鷹揚さで好きにさせながらも、まだ求められることに安心してしまうのが、……本当にちょっと切なく、情けない気持ちになる。

そして幸せなはずのピロートークでそんな話をしたいわけではなかったが、やはりはっきりさせないと気分が悪かった。

「ああ…、そういえばおまえ、見合いをしたんだって？」

新しく買い直したバスローブをご機嫌で羽織ってきた征眞が、気怠そうに身体をベッドに伸ばしたところで、佐古はいかにも今思い出したように尋ねた。

聞きながらも、バカを言うな、と笑い飛ばされることを、正直、期待していたのだ。

が、現実はそう甘くはなかった。

「見合い？　ああ…、この間な。どうしても断れない古い顧客からの話でさ。さすがに、まだ若輩《じゃくはい》ですからとか、仕事に慣れない間は、っていうのを言い訳にできない年になったしな…。おまえみたいな自由業と違って、心配してくれる人が多すぎて困るよ」

やわらかな枕の上に顔を伏せ、なかば目を閉じた状態で、征眞がそんなふうに苦笑した。

「まぁな…。で、どうだったんだ？」

なんとか呼吸を整えて、佐古は必死に平静を装って軽く尋ねた。気を落ち着かせたかったのか、無意識に片手がサイドテーブルに伸びてタバコを探す。

「どうってほどでもないが、一応つきあってる最中かな」

——つきあってる？

あっさりと言われ、一瞬、息が止まった。

しばらくはまともな言葉も出ず、ほう…、とつぶやくのが精いっぱいだった。

「意外だったたな」

そしてようやく、そんな言葉を押し出した。

「簡単に放り出せる相手じゃなくてね。とりあえず誠意は見せないとな」

どうやらかなり大事な顧客のようだ。

「誠意か」

佐古はなんとか片頬で笑ってみせた。

ようやく手にとったタバコの箱から一本抜き出して、自分の気持ちを静めるようにゆっくりと火をつける。

いつもより苦い煙がいっぱいに血液へ流れこみ、全身に広がった。

「まあ…、特に問題のない相手なら、このへんで決めておいたらあとが楽かもしれないしな」

さらには一生の問題を軽く言われ、正直、何と返していいのかわからなかった。

——本気なのか？

ただそれだけを聞きたい気はしたが。

と、佐古が口ごもっている間に、逆に征眞の方が何か思い出したように、あ、と身体の向きを変えて佐古を見上げた。

「そういえばおまえこそ、ずいぶんと活躍してるようだな？」

おもしろそうに聞いてくる。

「……あぁ？」

本当に言われている意味がわからず、佐古はいくぶん不機嫌な調子で聞き返してしまう。

「阿川の組長のところへ単身で乗りこんで、話をつけてきたそうじゃないか」

言われて、ようやく思い出したくらいだ。

「ずいぶん肝《きも》が据《す》わっていると、また名を上げたと聞いたが？」

いかにも楽しそうな口調。

「そんな大層なことじゃない。長引かせるのも面倒だったしな」

しかし、どうでもいいように佐古は返した。

内面が顔に出ないタイプなので、まわりからはずいぶんと冷静沈着に、それこそ腹が据わっているように見えたのかもしれないが、佐古にしてみれば頭の中は征眞の見合いの話でいっぱいで、そんな時に面倒な問題を持ちこまれたので、さっさと片をつけたかっただけなのだ。

実際、佐古がしたいのはそんな話ではない。

「おまえ…、本当に結婚まで行く気なのか？　惚れてつきあってるわけじゃないんだろう？」

いつになく、ムキになるように問いただしてしまう。

いずれにしても征眞の問題だ。自分が口を挟むことではなく、うっとうしがられるだけだとわかっていたが、自分でも止められなかった。

「二、三度会ったくらいで、まだそんな段階じゃない。まあだが、悪くない相手なんだろうな。いい家のお嬢さんで、口うるさくもなさそうだし。少々浮気をしても文句は言わないだろうし」

しかし征眞は、特に気を悪くしたふうもなく、さらりと返してくる。

「そのお嬢さんはおまえをこんなによくしてやれるのか？」

だが佐古は、思わず挑むみたいに尋ねていた。

「それは無理だろうな」

ふっと、そんな佐古の目を見上げ、かすれた声で征眞が笑った。

そして軽く首をかしげて聞き返してくる。

「俺が結婚したら、おまえ、俺とはもう寝ないつもりか？」

にやりと笑って聞きながら、征眞はわずかに身を起こして佐古の指で灰を長く伸ばしていたタバコを抜きとった。佐古は自分がタバコを持っていたことすら、忘れかけていたが。

一瞬、答えに詰まる。が、少し迷ってから静かに口にした。

「肌を合わせる相手を、誰かと共有するつもりはないからな」

「案外古風だな」

征眞が意外そうにつぶやいた。そして煙を吐き出しながら、小さく笑う。

「まぁ、そうだよな…。いくら気に入ってても、歯ブラシを一緒に使うわけにはいかないからな」

歯ブラシか……。

サックリと言われ、内心、がっくりと佐古は肩を落としてしまう。

「だったら俺は、誰か別の相手を探さなきゃいけなくなるわけだ」

さらにつらっと続けられて、急激に心臓が冷えた。キリキリと痛みまで覚える。

それでも佐古は、淡々と口にした。

「慎重に選べよ。やっかいな相手に引っかかったら面倒だ」

意地と見栄だ。誰よりも征眞の前で、泣いてすがるような情けない真似はできない。

征眞にとっても、自分は頼りがいのある友人であるはずなのだ。

「……まあ、おまえの面倒は俺くらいしか見られないと思うがな」

それでも、そうつけ加えたのは、未練……なのか。

征眞が結婚するにしても一般的な愛情があるわけでなく、おそらく自分たちの関係は、今までとさして変わりはない。

そう自分に言い聞かせつつも、やはり征眞を誰かと共有するという感覚には耐えられそうになかった。

共有はできない。したくない。
それは本能でもあり、ひどく感情的な欲求だった。
「そうなんだよなー…」
征眞があきらめともつかないため息をついてつぶやく。
どうやら、自分が難しい人間だという自覚はあるようだ。
——だったら俺のものになれっ。
そう口にしてしまいそうになる。
だがそれは、すべてを失いそうで恐かった。

◇　◇

実際のところ、佐古は征眞の結婚について口を出せる立場ではなかった。
征眞が決めたのなら仕方がないとも思う。
だが今さら手放すのは、やはり……腹が立つというか、収まりがつかない。
十七年、征眞の側にいたのは自分なのだ。

さらに営業用の外面だけを見ている連中に征眞の本質がわかるとは思えないし、征眞自身、結婚生活もその外面のままで続けていくつもりなら、今以上に大きなストレスを抱えることになるだろう。そしてそれを発散させるのに佐古が使えないとしたら、否応《いやおう》なく別の人間を求めることになる。考えたくなかった。征眞が他の男に抱かれている姿などは。

——征眞に、考え直させることができるだろうか？

征眞自身は、特に結婚などしたいわけではないだろうから、結局は仕事のためだ。

ならばそれ以上に、征眞にとって自分が価値のある男だと示さなければならない。

自分を手放せば、征眞の方がしんどい思いをすることになるのだと。そしてそれは、仕事上でもプラスよりマイナス面が大きくなるのだということを、だ。

……とはいえ、征眞とは関係なく、佐古は公春の仕事なら無条件に受けることになるので、そういう実務的な面で征眞が不便を感じることはないだろう。

とすれば、やはり精神的な部分で攻めるしかない。

幸い身体の方は気に入ってくれているようだし、他に代わりが見つからないくらい、自分が征眞にとって安らげる場所だと認識させることができれば、少しは考えてくれるだろうか？

しかしベッドの方ではたいてい主導権はとられているわけで、今さら身体でメロメロにするというのも難しそうだ。……むしろ佐古の方が溺《おぼ》れているくらいで。

というより、征眞のあの積極性とテクニックがあればどんな男でも落とせそうだし、案外、征眞はあっさりと自分好みの男を新しく作ってしまうかもしれない……。

そんな想像に、血の気が引きそうだった。気ばかりがあせってしまう。

「誰かとプライベートな距離を縮めたい場合、普通、何から始めるモンだ？」

ぐるぐると考えあぐねた佐古は、ついポツリと口に出すように尋ねていた。

仕事帰りの夜、佐古の部屋である。

まわりにいたのは、道長を始め舎弟が数人。

頭のいきなりの問いに、ほとんどは、は？　とあっけにとられたマヌケ面をさらしていた。

「え…、ええと、プライベートな距離…、ですか……？」

それでもやはり道長が一番立ち直りが早く、確認するように聞き返してくる。

その顔には、誰との？　というあからさまな疑問――むしろ確認が浮かんでいたが、さすがに口にすることはなかった。

「え、そりゃ、やっぱデートからじゃないっすかー？」

と、まわりの微妙な空気にも気づかず、ちゃらけた声を上げたのはタカだ。対面式のキッチンの奥でカップを洗いながら、わくわくと楽しそうな笑顔を見せる。

「デートな…」

リビングのソファに身体を伸ばしたまま、佐古は低くつぶやいた。

やっぱりそこからか…、と。

「頭……」

何か言いたげに、道長が低くうめく。

「やっぱ、おしゃれなレストランかどこかで食事してぇ、それで酒でも飲んだら、ムードとかも出るし、そのままお泊まりって流れになるんじゃないっすかねぇー」

佐古の悪くない反応に、タカがさらに声を弾ませた。

かなりありふれたシーンではあるが、そういう憧《あこが》れがあるのだろうか。

しかし、そもそも征眞とはいろんな順番がおかしかった。まあ出会いが出会いだったし、環境もあったから仕方がないが。

考えてみれば、今まで二人で食事に行ったこともない。……いや、ガキの頃、安いラーメン屋に行ったとかその程度で。

しかしおたがいにいい大人になって、それなりに金に不自由もしない立場になったのだ。

大人のデートというのか、一度、ピシリとそういう場面を決めてみれば、征眞もちょっと佐古に対する認識が変わり、少しはロマンチックな気分になるのかもしれない。

征眞からしてみれば、佐古は無骨でおもしろみのない男で、そんなムードや何かとは無縁な印象があるだろう。

え？　いつもと違う…？　という違和感。ふだんとのギャップから一人の男として意識し始める、ということもありそうだ。

「道長」

「はっ、はいっ？」

いきなり呼ばれ、道長が飛び上がるようにオクターブ高い返事をした。

「どこか適当な場所を探しておいてくれ」

「えっ？　……あ、ハイ」

どこか青ざめた顔で道長が小声で答える。

問題は日付だが、征眞に余裕がある日を選ばなければならない。

と、思い出した。

来週は征眞の誕生日だ。……だがそんな日であれば、つきあっているという見合い相手と過ごすのだろうか？

だがそれならそれで、征眞がどちらをとるのか見極めるいい機会にもなる。それで彼女を優先されたりしたらちょっと衝撃が大きすぎるが、それでも腹をくくる一つの目安にはなるはずだ。

「来週の金曜だ」

まるでカチコミの日程でも決めるかのように厳粛に口にした佐古に、わ、わかりました、と道長がガクガクとうなずいた――。

そして、その当日。

三日ほど前に、話があるからと征眞には電話を入れて場所と時間を指定しておいた。

少しばかり姑息《こそく》だったな…、と忸怩《じくじ》たる思いはある。

そんな誘い方だと、征眞にしてみれば組関係で何か相談でもあるのかと思うだろうし、それなら彼女よりもこちらを優先するはずだ。

それでもやはり緊張しながら予約したレストランで待っていると、時間かっちりに征眞はやって来た。

相変わらずスタイリッシュなスーツ姿で、こんな高級ホテルのレストランでもまったく違和感はない。実際、佐古よりもずっと慣れているだろうし、場に馴染んでいる。

「どうした、急に？　こんなところに呼び出すとはめずらしいな。おまえの部屋じゃまずい話なのか？」

夜景のきれいに見える窓辺の席で、向かいに腰を下ろしながら征眞が尋ねてくる。

相当に事務的だが、今までの自分たちの関係からすれば無理もない。

佐古の部屋にカラダが目的で訪れた時でさえ、ついでのように組関係の問題での確認や、佐古の意見を聞いていくのだ。

「ああ…、いや。別にあらたまった話じゃないんだが」

さすがに口ごもるように言いながら、メニューを持ってきたウェイターに、とりあえず食前酒のオーダーを出す。少し強い酒が欲しくなった佐古はドライマティーニを、征眞はドリンク・リストも見ずにキールを頼んだ。

そして二人とも食事のチョイスに悩む方ではないので、ざっと眺めたメニューからコースの一つを注文する。

「なんだ、食べる前からマジ飲みか？」

ちらっと笑われて、佐古は軽く肩をすくめた。

「それにしても、おまえがこんな店とはな」

「似合わないか？」

ちょっと眉をよせて聞き返すと、征眞があっさりと言った。

「そうでもないが、おまえの好みとは違う気がする。まあ、おまえはもともと家飲みのタイプだからな」

外食は多いが、つきあいや仕事関係――組長のお供とか、会食とか――でなければ、確かに今でも近所の居酒屋とか、長年行きつけの定食屋あたりですませてしまうことが多い。

「ちょっと恐いな。よほど難しい相談か？　おまえの舎弟が何かしでかしたとか？」

運ばれてきたカクテルに口をつけながらどこかうかがうように聞かれ、さすがに佐古は口ごもった。

自分の誕生日だということを、征眞が覚えているのかどうかも疑問だが、あらためてそれを口に出すのも気恥ずかしい。

いや、ちょっとしたプレゼントなども実は用意してみたのだが。

「そ…、そういうわけじゃない。おまえには日頃、世話になってるし…、その、今日は誕生日だっただろう？　まあ、礼代わりというかな。そう…、この間は俺もスーツをもらったことだし」

無意識に咳払いをして、なんとかさりげない感じで言葉を押し出す。

「ほう？」

本当に意外そうに征眞が目を瞬《またた》かせた。

「おまえにそんな気遣いができるとはな」

笑って言われ、……ふだん、どんな男だと思われているのか、ちょっと心配になる。

「そういえばおまえ、今日は…、例の見合い相手と約束はなかったのか？」

できるだけ何気ない様子で、佐古は確認した。

「いや？」

それにあっさりと征眞が返してくる。

「笑香《えみか》さんは…、ああ、相手の女性だが、俺の誕生日は知らないだろう。そこまで長いつきあいじゃないしな。今は週一で会っているくらいだが」

そんな言葉にちょっと安心するとともに、名前で呼んでいるのか…、という衝撃もあり、複雑な感じだ。しかも定期的に会っているということは、進展しているのだろうか。

「どんな女だ？」

運ばれてきた彩りの美しい前菜を前に、思わず尋ねてしまう。

「そうだな…。お嬢さん育ちだが、思っていたより芯《しん》の強そうな人かな。頭もいい」

フォークに手を伸ばしながらさらりと言われ、悪くない感触のようで、佐古は内心でちょっとため息をもらす。

いや、しかし、ここでなんとかいいムードに持っていければ、自分たちの関係も少しは変わるかもしれない。

つきあいの長さでいえば、こちらがずっと有利なのだ。

もちろん、このあとはホテルに部屋をとっており、征眞の――ということは自分の、とも言えるのだが――誕生年《うまれ》のワインと花束も用意している（このあたりはタカのアドバイスだ）。

単なる仕事上のパートナーでセックスフレンドという関係から、もう少し、一緒にいたいと思わせる関係にシフトさせたい。恋人、とまでは望まなくても。

カラダだけではなく、一緒にいること自体が楽しく、安らげるような。

「そういえば、この間の千住《せんじゅ》組長の襲撃事件、アレの判決がそろそろ出るからな。この際だ。千住組には恩を売っておけよ」

……しかし結局のところ、自分たちの食事の席で話題になるのは、こんな内容だ。

上品に前菜を口に運びながら、いつものように事務的な調子で征眞が言った千住組長の襲撃事件というのは、厳密には千住組組長が襲撃された事件だ。犯人をその場で撃ち殺した千住組の舎弟の弁護を、公春が引き受けたのである。千住と名久井組とは兄弟関係になるため、定評のある公春にわざわざ弁護を依頼してきたもので、征眞はその補佐についていたのだ。

そういう仕事の話じゃなくて、もっと何かロマンチックな話題はないのか…？　と自分自身にいらだたしく問いかけながら、ああ…、と佐古はため息混じりに返す。

「なんだ、そのやる気のなさは？」

しかし上目遣いで厳しく、手にしていたナイフの刃先を突きつけるようにして指摘され、佐古はあわてて首をふった。

「いや。それはわかっている。相応の礼はしてもらうつもりだ」

「千住組に恩を売れる機会なんか、そうないからな」

敏腕弁護士は、社会的にもきっちりカタギのはずだが、やはり半分ばかりヤクザ気質だ。

それにしても、ここからどうやって甘いムードを作り出せばいいのか。

名家のご令嬢と比べて自分が有利な点はつきあいの長さだけなので、昔話でもふってみて、少し懐かしい雰囲気に持っていけばいいだろうか……。その相手とは、いったいどんなことを話しているんだろう？

そんなことを考えているうちに、前菜の皿が引かれていく。

と、あっと何かに気づいたように反応した征眞が、内ポケットから携帯を取り出した。

マナーモードで着信があったようだ。

「もしもし、祐弥？　何かあった？」

ちらっと発信者を確認してから応答する。

相手の話を聞いているその表情が、目に見えて険《けわ》しいものになっていった。

「……先生が？」

ふいに高く響いた声に、佐古もわずかに眉をよせた。

征眞が「先生」と呼ぶのは、基本的にボスである公春だ。

何かあったのだろうか？

組長の実兄であるだけに、佐古も無関係ではない。

少し前には、弟と一緒のところを巻き添えを食らうように襲撃されたこともある。いつどこで恨みを買ってもおかしくない仕事で、そうでなくとも公春は手段を選ばず、相手に対して容赦がないのだ。

……しかし。

「仮病じゃないのか？　今夜の会合は妙に渋ってたし」

トゲの生えたそんな言葉に、佐古は思わずため息をついた。

また公春のワガママ病らしい。

「ダメだよ、ちゃんと出てもらわないと。子供じゃないんだから。祐弥は先生に甘すぎるよ」

ぴしゃりと叱りつける声。

どうやら手に負えなくなって、祐弥が泣きついてきたのか。

「……仕方がないな。ああ…、わかったよ。今から行くから」

ちらっと腕時計に目を落として言った征眞の言葉に、えっ？　と佐古は内心で声を上げてしまう。

そして案の定、征眞は通話を終えるとナプキンをテーブルにおいて立ち上がった。

「悪い。急用だ」

むっつりと不機嫌な顔でそう言われると、佐古に引きとめるすべはない。征眞の仕事なのだ。……そう、公春のお守りも。

「あのー…、続きをお運びしてよろしいでしょうか？」

一人残されたまま、呆然とその背中を見送った佐古に、状況を察したらしいウェイターが背後からおそるおそる尋ねてくる。

佐古は大きなため息を吐き出して、首をふると勘定を頼んだ。

メインまでも行き着かなかった支払いをすませて立ち上がった佐古のもとに、ウェイターがワインのボトルと小さなブーケのようなバラの花束を持ってくる。

「こちら…、お預かりしておりましたものでございますが」

顔は無表情なままだったが、その目には明らかな同情の色が浮かんでいる。

「ああ…」

ちらっとそれを横目にして、佐古はむっつりとうなった。

処分してもよかったが、まあ、あとで征眞のところに持って行かせてもいいか、と思い直し、佐古はそれを受けとって店を出た。

そしてエレベーターに向かいながら、携帯から電話をかける。

「迎えにこい」

と、一言。

えっ？　もうっ？　という悲鳴にも似た叫びが切る寸前に耳に届き、ピクッとこめかみのあたりが震えてしまう。

佐古の乗るエレベーターに途中から乗りこもうとした若いカップルが、扉が開いた瞬間、片手にバラの花束《ブーケ》、片手にワインのボトルを握りしめた佐古のあまりに凶悪な表情に言葉もなくあとずさりし、そのまま乗らずにドアが閉まる。

佐古がホテルのエントランスに出た時、ちょうどタカの運転する車がファサードにすべりこんできた。近くで待機はしていたらしい。

ばたつくように助手席から降りてきた男が、急いで身体を折って後部座席のドアを開く。

「頭…？　ど、どうかしたんですか……？」

リアシートに乗りこんだ佐古のあまりの不機嫌さにか、運転席にいたタカが振り返っておそるおそる尋ねてきた。

「今俺に話しかけるな」

「リンクス」3月号だけで応募OK♪
書き下ろしペーパーセット
応募者全員プレゼント

「リンクス」3月号の巻末に付いているアンケートはがきの全項目に回答し、80円切手を同封してご応募くださった方全員に、人気作の番外編を書き下ろした**『限定ペーパーセット』をプレゼントしちゃいます♥**　ご応募お待ちしております♪

＊第2弾執筆者＊

水壬楓子
「リーガルトラップ」

香坂透
「お金がないっ」

※作品は予定です、内容は変更になる場合がございます。

小説&漫画の 2枚セット♥

今号でしかGETできないので、お見逃しなく！

応募締切：2013年3月15日（金）当日消印有効
発送時期：2013年4月下旬（予定）
※応募状況により発送が遅れる場合があります。

＊応募についての詳細は発売中の「リンクス」3月号をチェック♪＊

A5判 毎月9日発売♥
リンクス
SEXY & STYLISH BOY'S LOVE MAGAZINE LYNX
2013 MARCH
3
定価720円
(本体価格686円)
発行／幻冬舎コミックス
発売／幻冬舎
大好評発売中!
表紙／高峰顕
特集 ライバル
〜おまえにだけは、負けられない〜
Comic
Part Color
六路黒
「まわりまわるセカイ」
Part Color
仁茂田あい
「先輩としたいっ!」
大槻ミゥ
宝井さき×Story 桐嶋リッカ
九重シャム×Story 六青みつみ
日高あすま
長門えりか
牛込トラジ
Novel
Opening Color
和泉桂 × Cut サマミヤアカザ
「睡郷の獣」
半獣人×獣人の禁断の
ラブストーリー前編登場!!
深月ハルカ × Cut ひなこ
高原いちか × Cut 小井出ナオ
御月幸 × Cut 花森みと
Short Novel
桐嶋リッカ
「恋と服従のエトセトラ」スペシャル番外編!
コミックス発売記念インタビュー
倉橋蝶子／ネジロセリコ
新書発売記念ショート&インタビュー
佐倉朱里
書き下ろしペーパーセット応募者全員プレゼント!!
第2弾 香坂透&水王楓子

「は、はぃぃ…っ！」

しかしドスのきいた声で一言放つと、タカが飛び上がって首を縮める。そのまま無言でハンドルを握りしめた。

地獄のように重苦しい空気のまま、車は佐古のマンションへと帰っていった。

留守番をしていた道長が、なんとなく状況は察しているらしく——車の中から携帯メールでも送られていたのだろう——沈痛な顔で出迎える。

佐古は機嫌がよかろうが悪かろうが、そもそも口数の少ない男だが、舎弟たちは敏感に空気を感じ取って、部屋の中はお通夜のような静けさだった。いつもは舎弟同士がちょっとしたバカ話で盛り上がり、笑い声が起こったりしているわけだが。

そしてそれぞれの仕事をすませると、触らぬ神に、とばかり、早々に佐古のプライベートな部屋から姿を消していく。

結局道長だけが残ったようで、風呂から上がってきた佐古にビールを運んできた。

「あとで誰か征眞のところにやって、そいつを届けさせろ」

精神的に疲れ果て、どっかりとソファに身体を投げながら、佐古はサイドテーブルに置かれていたワインを顎で指した。

まあ、仕事上がりに寝酒にでもしてもらえれば、まだしも救われる。

「ええと、花も……ですか？」

うかがうように尋ねてきた道長に、ああ、と佐古は無造作にうなずいた。そして思い出して付け加えておく。

「今日中だぞ」

誕生日なのだ。

わかりました、と神妙にうなずいた道長が、ビールをあおっている佐古の横から、あのー…、とおずおず口を開く。

なんだ？　と言葉にはしなかったが、佐古は視線だけを億劫そうに上げてうながした。

「ええと…、女を襲わせましょうか……？」

どの「女」かは、共通認識だ。

つまり、強姦《ごうかん》でもされれば自分から身を引くだろう、ということだろうが。

「相手は公春さんの顧客関係だぞ」

わずかに眉をよせ、佐古はむっつりとうめいた。

あ…、とようやく思い出したように道長が短い声を上げた。

だが確かに、征眞の方をどうにかできないのならば、女の方をどうにかするしかない。

発想の転換が必要だ。

ちょっと考えてから、佐古は淡々と言った。

「酒井《さかい》がホストクラブやってるだろ。腕のいいヤツを女に近づけろ」

組の問題を処理する時と同じ重いトーンで命じた佐古に、わかりました、と道長も真面目な顔で答える。

……姑息だ。

我ながら、ちょっと泣けてきた。

◇　　　◇

「ええ、聖夜《せいや》によると、結構いい感じでいってるみたいですよ。なんか、この間はネクタイをもらったとかで」

聖夜というのが、征眞の見合い相手に近づいているホストだ。もちろん源氏名だろうが。

池ノ谷《いけのや》笑香という名前らしい相手の女は、さすがに良家の子女らしく、ホストクラブなどへ足を運ぶはずもない。

だから出会いも偶然を装って、本名で近づいているはずだった。それがかなりいい雰囲気で進展し、プレゼントをやりとりするくらいの間柄になったようだ。

ネクタイというあたりが、一流のホストからすると笑えるところだろうが、そのへんがやはり良家のお嬢様としては普通なのかもしれない。貢《みつ》ぐ、という感覚ではなく、やはりプレゼントなのだ。

聖夜の方も相手がお嬢様だということは理解していて、いつものようにグイグイと押しの一手ではなく、じっくりと関係を深めているようだった。

身体の関係まで行ってくれれば、佐古としては成果なのだが、まだそこまではないらしい。

もどかしいが、仕方がなかった。急いで失敗しても意味がない。

じりじりとしたまま、それからひと月が過ぎ、ふた月が過ぎ、いつの間にか三カ月ほどが過ぎていた。

その間には何度か、佐古も征眞を食事や飲みに誘ってみたが、それらしい雰囲気に持っていくことは難しかった。

征眞にとって佐古との食事は、やはり仕事の片手間のような感覚らしい。何かの報告や近況を確認し合うくらいの。

そして征眞が佐古のところへ押しかけてくる回数も減っていて、この三カ月ではたった一度だけだった。

仕事がいそがしいのか、逆に彼女とのつきあいがいそがしいのか。発散させる必要がなくなったのか。そんなことをぐるぐると考えてしまう。

もちろんそれ以外の場所で――仕事で――顔を合わせることもたまにはあり、さりげなく尋ねてみると、彼女とのつきあいは、不思議なことにこちらも順調のようだった。

ホストに夢中になっているのなら、そろそろ別れ話が出てもいい頃だと思うのだが。

内心で首をひねっていた佐古に、征眞は前触れもなく爆弾を落としてきた。

「……ああ、それでこの間、彼女とは婚約したんだよ。式も二カ月後に挙げる予定だ」

征眞が所用で名久井組の本家に訪ねてきたその帰り、玄関先まで見送りに出た佐古に靴を履きながらあっさりと、もののついでのように口にしたのだ。

一瞬、頭の中で何かが爆発したような、目の前が真っ暗になったような気がした。

が、さすがに舎弟たちの手前もある。取り乱すことはできなかった。

「それは……、ずいぶん急だな」

ようやくそんな声を絞り出した佐古に、征眞は靴べラを横の舎弟に返しながら、いかにもやれやれというように答えた。

「それが、あちらの祖父《じい》さんの具合がよくないみたいでな。死ぬ前に孫娘の花嫁姿が見たいと泣かれたらしくて、ご両親が式だけでも早く、ってね。頼みこまれたもんだから」

そんなことでか、と理不尽な怒りがこみ上げてしまう。

……いや、もっともな話ではあるのだが。

「ま、おまえも式には出てくれよ。友人代表でスピーチをしろとは言わないからさ」

冗談みたいな口調で言って笑い、ポン、と佐古の肩をたたくと、じゃあな、とあっさり征眞は帰っていく。

呆然とその場で立ち尽くしてしまった征眞に、後ろから道長がおそるおそる声をかけてきた。

「あのー…、一度、聖夜を呼びましょうか？」

さすがに側近だ。

状況を把握して、分析して、次に佐古のとる行動が推測できるらしい。

「ああ。そうしてくれ」

佐古は後ろをふり返ることもないまま、低く答えた。


「いや…、それがですね」

それから三日後。

名久井組若頭からの直々の呼び出しに、さすがにふだんはイキのいいホストも全身を緊張させてかしこまっていた。

聖夜は二十五、六の優男《やさおとこ》で、確かに顔はいい。髪を染めていないあたりも、お嬢様相手だとプラスなのかもしれない。

「彼女…、笑香さんとは結構会ってるんですよ？　二、三日に一度くらい。メールは毎日してますし、ホント、ちゃんとしたオツキアイをしてる感じで」

顔を強ばらせたまま、身振り手振りを交えて必死に説明してくる。

聖夜によると、すでに笑香には自分がホストだということを告白し、お嬢様の好奇心半分、彼女も何度か店を訪れたらしい。

だましているわけではなく、何もかも告白した上でのつきあい、という路線で、彼女の方も自分に夢中なはずだ、と聖夜は力説していた。

「いや、ホント、彼女からも毎日メールはくれますし、相談事とか、家族の話とかもしてくれてるし。手作りのパウンドケーキを持ってきてくれたりとかもありますしっ」

「で、彼女に結婚の話は聞いたのか？」

佐古は無表情に報告を聞くだけでほとんど口を開かなかったので――それが聖夜にとってことさら威圧感になっているのだろうが――、道長が代わりに尋ねている。

「あ、ええ…。ほんと、びっくりしましたよ、俺も。……あ、それで彼女が言うにはですね。その、お祖父さんの病状がよくなくて、結婚はしなくちゃいけないって言うんですよね。その、ちゃんとした人と。実は彼女の両親には俺とのこと、バレちゃってるらしくて。でもやっぱりつきあいは反対されてるみたいで。そりゃまあ、あたりまえですけどね」

へへへ…、と聖夜が小さく笑ってみせる。

緊張しているせいもあるのか、口数は多かった。

「それで彼女、結婚はするけど好きなのは俺だから、結婚してからもつきあいたいって言うんですよ」

それをどこか自慢げに言った男を、佐古は思わずぎろりとにらみつけた。

「なんだと？」

ヒッ…、と聖夜が瞬時に顔を引きつらせた。一気に頬から血の気が引いていく。

それでは、佐古からすれば何の意味もない。

「おまえっ！　だからさ、まだヤッてないのかよっ？　ベッドテクで落ちない女はいないとか豪語してたんだろうがっ」

横から道長がこちらの様子をうかがいながら、声を荒げる。

「やー、それが…、そこが結構、カタいんですよねえ、彼女」

照れ笑いのようなものを浮かべて、聖夜が頭をかいてみせた。

「なんか、結婚するまではまずいって。相手、弁護士さんなんですか？　何かあった時に、それで破談になると困るからって」

佐古は思わず低くうなった。

それはもしかしなくても、聖夜の方が遊ばれてるんじゃないのか？　という気がしてくる。お嬢様という仮面の下は、かなりしたたかな女狐《めぎつね》というイメージだ。……まあ、たっぷりと偏見が入っているのかもしれないが。

征眞はそれに気づいていないのだろうか？

むしろ、そこまでの関心がないのかもしれないが、案外、気づいていて放っている可能性もある。

征眞にしても、彼女に貞操を求めていないというか、適当に遊んでいるのなら自分も楽だ、というくらいの。

いわばおたがいに偽装結婚という感じなのかもしれないが……それでも、まったく気がないわけでなければ、夫婦として寝ることくらいはあるだろう。うっかり子供ができる可能性もある。

いや、おたがいにそんなさばけた関係ならば、ある意味、今の佐古と征眞との関係にも近い。

愛情はともかく、自分の妻を相手に発散できるなら何も問題はないわけで、そんな駆け引きめいた夫婦生活がむしろ征眞の好みなのかもしれない。さらには、そこから愛情が芽生えることだって考えられる。

……何か、ずんずんと悪い方にしか考えが発展しなかった。

「そりゃ、無理矢理っていうんならなんとか持ちこめないこともないと思いますけど、それってまずいんでしょ？」

きょときょとと聖夜が佐古と道長を見比べるようにして、確認してくる。

確かに、それはまずい。

うっかりことがバレた時に、公春の仕事の邪魔をしたということになれば、すなわち名久井組に迷惑をかけたのと同じだった。

「とにかく、おまえは泣き落としでも何でも、女が結婚するのをやめさせろっ」

道長に頭からどやしつけられて、「が、がんばりますっ！」とどこか的外れな返事をしながら、逃げるように聖夜が帰っていった。

「使えねぇ…」

と、道長がぶつぶつ言っていたが、佐古としても打つ手がなくなった、という絶望的な気分だった。

いっそ女の本性――結婚後もホストとつきあうつもりでいる、という――を征眞にぶちまけてやろうかという気もしたが、しかしそれも「だから？」とか、あっさり返されそうでもある。ホスト相手だと後腐れがなくていいいな、くらいのことは、征眞なら普通に言い放っておかしくない。

どうしようもなく時間だけが過ぎ、式の準備は着々と進んでいるようだった。

名久井組の本家に立ちよった公春さんなどには、「ああ…、佐古。聞いてるよね？　征眞の結婚式。あの男が結婚なんて笑っちゃうけど、楽しみだよねえ…。おまえ、スピーチとかしないの？　仲良しだったよね。そうそう、若いのを何人か集めて、アレ、てんとう虫のサンバとか歌わせるとおもしろいんじゃないかなあ？　せっかく人数がいるんだから、何か芸をやらせたらいいのに」

などと、上機嫌で言われたくらいだ。

「そういえば今日は征眞、午後からウェディングドレスの試着につきあってるみたいだけどね。式の準備のおかげで、このところ征眞の小言からも解放されてるし、ちょっとありがたいよ」

そうですか、と無表情に返しながらも、何気ないそんな言葉に胸がえぐられる。

そもそもはこの人の顧客なのだ…、と思うと、理不尽な恨みが湧《わ》いてくるが、さすがに名久井組のラスボスに楯突く度胸はない。

結局、聖夜の方は何の成果も上げられないまま、結婚式の前日になっていた。

そして何の因果かこの日、佐古は翌日、征眞が式を挙げるチャペルに来ていた。

式の最終確認とリハーサルがあったらしく、別件で用のあった佐古がここまで呼び出されたのだ。

リハーサルということは、当然相手の女も来ているのだろう。二人が腕を組んで歩く姿を想像しただけで心臓が苦しい。

おかげでゆうべはろくに眠ることができず、寝不足で頭がガンガンしていた。そこへきて、快晴の日差しがひどくまぶしい。

「どうした？　顔色が悪いな」

佐古に気づいて近づいてきた征眞が、目敏く気づいたように首をかしげた。

心配してくれるのかと、ちょっと目が潤みそうになった。……が。

「腹でも壊したか？」

「いや。大丈夫だ」

あっさりと的外れなことを聞かれ、佐古は低く答えた。

その程度か…、と微妙に情けなくなる。

「悪いな、こんなところに。だがいい機会だし、先におまえには彼女を紹介しておきたいと思ってね」

しかもそんなふうに言われて、婚約者と引き合わされた。

会いたいわけではまったくなかったが、実際、ここまで来て挨拶をしないのは不自然だ。

二十六、七だろうか。ストレートロングの髪が美しいモデル体型の女性で、腹が立つほど征眞の隣が似合っている美人だ。
「こちらが笑香さん。……佐古ですよ。話したことがありましたね。私の高校時代からの友人です」

完全に営業向けのしゃべり方だ。佐古については、そんなふうに紹介するしかないのだろう。

「ああ…、こちらが？　お会いできるのを楽しみにしていたんですよ、佐古さん。今後ともどうかよろしくお願いいたします」

やわらかく微笑んで、丁重に挨拶をしてくる。いかにも良家の子女といった上品さだ。

……裏でホスト狂いしているとはとても見えないな。

と、内心で険悪につぶやいてしまうが。

「初めまして。きれいな人だな。明日の花嫁姿が楽しみだよ」

佐古も淡々とありふれた言葉を返す。

征眞をよろしく、とは口が裂けても言えなかった。

「ちょっと待っててくれないか？　式の方の段取りを確認したら、少し話せるから」

あわただしげにそう言うと、征眞は彼女の腕をとってチャペルの方へと向かっていった。

その背中を、佐古は深いため息とともに見送るしかない。

――明日…。抗争でも勃発《ぼっぱつ》しないだろうか。

あるいは、聖夜に拳銃《けんじゅう》でも突きつけて、花嫁をさらわせるとか。

ぼんやりとそんなことを夢想してしまう。

いつの間にか季節はめぐり、うららかな春になっている。どうやら天候にも恵まれそうで、それさえも腹立たしい。

ガーデン・ウェディングというのか、ホテルの庭の一角にあるチャペルで式を挙げ、そのまま芝生の美しい庭が披露宴会場になるようだ。

ホテルのウェディング担当だろうか、従業員たちも何人か行き交い、細かな立ち位置や何かを確認している。

と、ふと、佐古はその中の一人に無意識に目が引かれた。

ホテルの制服らしいものを着こんでいる小柄な男だが、――妙に引っかかるような違和感があったのだ。

目つきが険しいというか、ひどく緊張した空気を身にまとっている。結婚式のリハーサルなど、もっと和やかにリラックスして行われるものだろうに。

さらに言えば、男の役割がわからなかった。

クリップボードのようなものを持って立っているのだが、誰かの補助をしているわけでなく、誰かと話すこともなく、ただじっと新郎新婦を見つめている。

まさか新婦のストーカーとかじゃないだろうな…、と思った瞬間、男がゆっくりと動き出した。

ちょうど新婦が父親とともにバージンロードを歩くところなのだろう。

新郎は先に中へ入っている形で、花嫁が扉の手前で位置を確認している間、征眞はそれを眺めながら邪魔にならないように脇の壁際へ寄っていた。

男は花嫁ではなく、明らかにその征眞の方に近づいていたのだ。

――まずい……！

と、それはほとんど反射的な判断だった。

男の目の色。視線の迷いのなさ。

ヤクザ社会の中で磨かれたカンのようなものなのかもしれない。

佐古はとっさに走り出した。

「征眞……！」

叫んだのと、自分の身体を、男と征眞との間に飛びこませたのはほとんど同時だった。

クリップボードを放り出した男の手に、バタフライ・ナイフが握られているのがはっきりと目に映る。刃先が日差しを受けて光を弾く。

反射的に手を伸ばしたが、次の瞬間、焼けるような痛みが腹を襲った。

佐古は寸前でナイフを握った男の右手首をつかんだつもりだったが、ほんの少し、タイミングが遅かったらしい。

「な……、――佐古……っ!?」

あせったような征眞の声が耳にこだまする。

思うように力が入らず、崩れ落ちそうな足をなんとか支えて、佐古はのっそりと顔を上げた。

身体というより、意志の力だった。

片腕で無意識に征眞をかばうようにし、もう片方の手でつかんでいた男の手にさらに力をこめる。ほとんど押し潰すくらいに。

そして男をにらみつけて、振り絞るように叫んだ。

「てめぇ…、どこのモンだっ!? あぁっ？」

「な…、なんだよ…っ、なんだよ、おまえは…っ！ なんで出てくんだよっ！」

その恫喝に、目標を外した男が動揺したように震え出し、ようやく貼《は》りついたような手をナイフから引き剝がす。

その拍子に引かれたナイフが地面に落ちた。

しかし、佐古の指はがっちりと男の手首に食いこんだままだ。

男は必死に暴れるようにして佐古の手を振り払うと、顔を引きつらせ、転ぶような勢いで逃げ出した。庭を突っ切って、裏口の方へ出ようとしているらしい。

「くそ…、待て……ッ！」

気持ちは反射的に男を追いかけようとしていたが、さすがに身体がついていかなかった。

無意識に腹を押さえた指の間からは鮮血がにじみ出し、シャツを鮮やかに染め始めている。ようやく、ズキンズキン…と痛みが頭に響き始める。

「おいっ、佐古……！　おまえ……」

ずり落ちそうになった佐古の身体を支え、征眞が強ばった表情で声をかけてきた。

そんな不安げな征眞の顔を見るのは初めてで、妙に可愛く、ちょっと見惚れるくらいだ。

「大丈夫だ……」

それでもようやく、それだけを口にした。

しかし気持ちとは逆に、身体のどこからか空気のもれるようなかすれた声にしかならず、情けない。

しばらく呆然としていたまわりが、ようやく我に返ったように騒ぎ始めた。

「きゅ…救急車を…っ」

「警察……！」

その声に、まずいな…、と佐古は朦朧《もうろう》としかけた意識の中で顔をしかめる。

ここで警察沙汰になるのはまずい。

間違いなく自分の素性は知れるわけで、ニュースネタになると、征眞の社会的な立場も悪くなる。

反射的にグッと征眞の腕をつかんだ佐古に、わかっている、というように、征眞が血に濡れた手の甲を握ってきた。

そしてまわりの浮き足だった空気を一瞬に鎮めるように、征眞の凜とした声が響いた。

「落ち着いてください！　大丈夫ですから」

そして自分の携帯を取り出すと、どうやら道長に連絡を入れたようだ。

「道長、近くにいるな？　すぐに車をまわしてくれ。庭の方だ。……ああ、それと木戸《きど》先生に連絡をつけてくれ。すぐにだ！」

テキパキと指示を出す声を頭上に聞きながら、佐古はホッ…と息を吐いた。

征眞に任せておけば大丈夫だ。

そんな安堵とともに、佐古は吸いこまれるように意識を失っていた——。

◇　　◇

気がついた時、佐古は自分のマンションの寝室で寝ていた。

あれからどのくらいたっているのか、窓の外はすでに月明かりだけで、すっかり夜も更けているようだ。

部屋の明かりは落とされていて、シン…と静まりかえっており、誰もいないのかと思ったら。

「気がついたのか？　バカが……」

いきなり不機嫌な声が聞こえ、薄闇の中で黒い影が動いた。

ぬっと上から佐古の顔をのぞきこんできたのは、——征眞だ。

「五針縫ったぞ」

むっつりと告げられ、ああ…、とため息のように佐古は答えた。

病院の世話になっていないということは、組の御用達であるモグリの医者に治療してもらったということだろう。征眞の言っていた木戸という男だ。

確かに腹には包帯が巻かれ、しっかりと固定されている感触がある。

鈍い痒《かゆ》みのようなものがわだかまっている気配はあるが、痛みはさして感じなかった。まだ麻酔が効いているのかもしれない。

どうやら、あの場で意識をなくしたらしい――とようやく認識した。

「ずいぶんみっともない姿をさらしたもんだな…。この程度の傷で」

五針程度は、昔なら日常茶飯事のかすり傷といったところだった。ナイフが根本まで入る前に止めていたから、それほど深い傷にならなかったのだろう。

自嘲するようにつぶやいた佐古に、征眞が鼻を鳴らす。

「っていうか、おまえ、運びこまれた時は寝てたってよ。木戸先生が麻酔なしで縫ってやろうかって笑ってたぞ？」

「恐いな」

佐古はちょっと苦笑いをもらす。どうやらゆうべの睡眠不足が災いしたらしい。

「あ…、おまえは怪我はなかったのか？」

思い出したように確認してみるが、征眞はベッドの端に腰を下ろしながら首をふった。

「相手はおまえを刺したあと、すぐに逃げたからな。道長たちが捕まえて締め上げてる。どこかの組のチンピラみたいだが」

「だが…、俺じゃなくおまえを狙《ねら》ってたんだろう？　おまえ、何かしたのか？」

何もしていない、などと白々しく言えるほど、確かに征眞のやり方もキレイではないだろうが、しかしヤクザのチンピラにつけ狙われるとは思えない。対立組織ならば、もともと佐古を襲っていたはずだ。

「例のあの社長らしいぞ。あの男に依頼したのは」

それに腕を組み、にやりと笑って征眞が答えた。

「社長？」

「杉浦だよ。あのあと、解任されて会社から放り出されただろう？」

ああ…、と思わず佐古はうめいた。

興味はなく、すっかり忘れていたが、どうやら創業者一族の特権を持ってしても、あの失態では社長のイスにとどまれなかったらしい。

「組には内緒で小遣い稼ぎに依頼を受けた、本当に下っ端みたいだな。俺のバックに名久井組がついてるのも知らなかったみたいで、道長に教えられて死にそうな顔をしてるよ」

なるほど…、と佐古は思わずつぶやいた。

やっぱり刺されたわけだ。——代わりに自分が、だが。

「式は……どうなんだ？　やれそうなのか？」

思い出して、ポツリとそんなことを尋ねる。

式場の方も混乱しただろうが、そのへんは有能な弁護士の舌先三寸でなんとでも言いくるめていそうだ。ホテルにしてもこの不況時、結婚式のような大口の仕事を、ここまできてキャンセルにはしたくないだろう。警備云々《うんぬん》を言い出せば、ホテル側の責任にもなる。

続行なら、征眞は明日の主役、新郎なのだ。直前のいろんな準備もあるはずだった。

まあ、佐古の容態が気になったのならありがたいが、幸い深い傷ではなさそうだった。少なくとも命に別状はない。

処置もすんで、征眞がいたところでこれ以上、何ができるわけでもない。現実的な男が、そもそも寝ているだけの佐古についていたこと自体が意外だった。

「……ま、俺は欠席させてもらうことになるけどな」

聞きながらも、佐古はちょっと自嘲気味に口にした。むしろ怪我をしたおかげで、と言えるのかもしれない。出なくてすむのなら、その方がありがたかった。

「俺を行かせたいのか？」

しかし月明かりだけの薄闇の中、表情もまともに見えないままに静かに聞かれ、佐古は思わず押し黙った。

行かせたい——わけではない。そんなはずはない。だが引き止めることはできないのだ。そんな権利はない。

「独身最後の日にこんな騒ぎがあって…、彼女だって不安に思ってるんじゃないのか？」

それでも必死に、感情を押し殺すようにして佐古は口にした。

「おまえがどうしたいのかを聞いているんだが？」

しかしさらに冷たく聞かれ、佐古は急激に喉が渇《かわ》いてくる気がした。

——言って、いいのだろうか……？

そんな疑問。動揺。

何かに追いつめられているような気がした。無意識にぎゅっと、布団の中で拳を握る。

「行かせたくは……ないけどな」

唇をなめ、ようやくかすれた声で答えた。

——つけこめるのだろうか？　今なら？

征眞の身代わりで刺されたことは確かで…、ただ自分が勝手にやったことでもある。

恩を着せるつもりはなかったし、征眞にしても気にしてはいないだろう。その程度のドライさは持っていると思ったが。

良くも悪くも、そして佐古にしても征眞にしても、刃傷沙汰など日常なのだ。

「ほう」

それに征眞が小さくつぶやいた。吐息だけで、闇の中の影が小さく動く。

「それで？」

何か誘うような…、うながすみたいな、何かを言わせようとする言葉。

佐古は妙にあせるような気持ちになる。とまどいと、切迫感。

何が正しいのかわからない。言っていいのかもわからない。

だが今しか――ないような気がした。

同時に、いいのか…？　という迷い。不安。……恐れ。

無意識にゴクリ…、と唾を飲みこむ。

そっと息を吸いこんだら反射的に腹に力がこもり、縫われた傷口が少し疼くように痛んだ。

それでも今しか――チャンスはない。そう思った。

この男を引きとめる最後のチャンス。

失えない。失いたくない。手に入れたい。誰にも渡したくない――。

魂の底からこみ上げてくるような思いだった。

「どうしたら……、おまえは俺のものになる？」

グッと右手を握りしめ、その腕を額に押しあてるようにして、佐古はささやくような声でようやく口にした。

暗くてよかった。まともに顔を見ていたら、とても口にはできなかっただろうから。

返ってくる言葉が恐ろしく、無意識にギュッと目を閉じる。

しばらく答えはなかった。

それでも、一瞬だったのだろうか。

息苦しいほどの時間のあと、スッ…と頬を撫でる指の感触に気づいた。

その指がやがて唇へとたどってくる。ベッドが深く沈み、征眞が動いたのがわかった。

上布団が剝がされ、佐古の腰をまたいで、征眞がすわりこんでくる。それでも、脇腹から少し上の傷口は微妙に外していたが。

ハッと目を見開いた佐古の目の前に、征眞の顔があった。

月明かりの中でぼんやりと浮かぶみたいに。

「俺が欲しいのか？」

おたがいの輪郭《りんかく》がようやくわかるくらいの薄闇の中で、佐古をのぞきこんでいる征眞のまっすぐな眼差しだけが光っている。

誘うような言葉に、ドクッ…、と心臓が大きく打つ。体中で血がたぎる。

「欲しい」

十七年分の思いを、その短い一言の中にすべてこめる。

欲しかった。

身体だけでなく、この男のすべてが。

心も身体も、すべてを自分の……自分だけのものにしたかった。他の誰にも、指一本触れさせることなく。

しかしそんな佐古を見下ろし、無慈悲《むじひ》に、征眞は笑っただけだった。

「俺が誰かのモノになると思うか？」

残酷な指が佐古のシャツをめくり上げ、巻かれた包帯をなぞって、胸へと這い上がってくる。挑発し、からかうみたいに胸板を撫でまわす。

「いや……」

そっとため息をつくように佐古は答えた。

そうだ。やすやすと誰かのモノになるような男ではない。

わかっていたはずなのに。

――身の程知らずだったか……。

そんな自嘲気味の笑みがこぼれてしまう。

「それで、あっさりとあきらめるのか？」

憎たらしく重ねて聞かれ、佐古は唇を噛んだ。

あきらめる――ことはできないが。

しかしどうしたらいいのかわからない。

せめて今まで通り、身体だけでも――と、すがるしかないのか。

この男の前でプライドなどなかった。

それで自分の思い上がりを許してもらえるのなら、佐古にとってはひざまずいて靴にキスすることくらい、なんでもない。

「征眞……」

そっと、許しを請《こ》うようにつぶやいた佐古の表情を楽しげに見つめ、征眞が軽やかに言った。

「一つだけいい方法があるけどな？」

思わぬ言葉に、佐古は大きく目を見張った。

——方法？　何の？

瞬きもできず、じっとにらむように見つめてしまった佐古を見つめ返し、征眞がクッ…と肩を揺らして笑った。

「おまえが俺のモノになればいいんだよ」

さらりと言われ、……一瞬、意味がわからなかった。

——自分が、征眞のモノに？

それはつまり——。

どういうことなのだろう？

バカみたいに、まったく言われていることがわからなかったのだ。

何か、今さら、という気がして。

征眞が顔を伏せるようにして、佐古に唇を近づけてくる。

指先でもてあそぶみたいに佐古の髪をかき混ぜ、ちゅっと耳元にキスを落として、そっとささやくように言った。

「おまえが俺のモノになるんなら、おまえだけ、可愛がってやるよ、若頭」

楽しげに落とされた言葉。まっすぐな眼差し。

耳をくすぐったかすかな吐息に、ゾクッと肌が震える。一瞬、息が止まるかと思った。

「征眞……？」

信じられない思いに、ただかすれた声がこぼれ落ちた。

「だいたいおまえは顔に出なさすぎなんだよっ。俺だってわからないだろうが」

「――つっ…！」

むっつりとした言葉とともに、いきなりむにゅーっと両方の頰が引っ張られ、佐古は思わず声を上げた。

その鋭い痛みに、現実なのだとあらためて教えられる。

「もっと俺が欲しいって顔、してみろ」

「征眞」

ようやく言われている意味が、じわりと身体の中に沁《し》みこんでくる。

佐古はとっさに手を伸ばし、征眞の腕をつかんでいた。

一瞬後には、どこかへ逃げてしまいそうで。あっさりと気を変えてしまいそうで。

「おまえが欲しいという顔をしてなかったか……？」

そして知らず、そんなことをつぶやく。

いつでも欲しかった。この十七年、ずっと。

「してたとしても、わかりにくく過ぎるだろ。もっと可愛くわかりやすかったら、俺だって不安に思うことはなかっただろうし、こんなめんどくさい段取りをつけなくてもよかったんだろうがっ」

――不安……？

いくぶん不機嫌に言われ、しかし佐古にしてみれば、正直、思いもよらない言葉にただ呆然とするしかなかった。

「おまえは俺じゃなくても、適当に女と遊べるようだしな？　名久井組の若頭なら、きれいどころがよりどりみどりだし？」

さらに嫌みたらしく続けられて、あっ、と、ようやく気づく。

確かに、自分にしても適当に女とは遊んでいた。そのくらいが、征眞にとっても気楽かと思っていたのだ。どこかで発散させないとどうしようもなかった、というのもあるが。

と、征眞が佐古の腹の上で、自分の服を脱ぎ始めた。

ズボンを脱ぎ落とすと、膝立ちのまま佐古を見下ろしながら、見せつけるみたいに、自分のシャツのボタンを外していく。

「おまえ…、明日結婚式……」

――いいのか？　と。

征眞にとっては大切な顧客になるのだろうし、式の当日になってすっぽかすのはいくら何でも問題だろう。

それとも、やはり結婚はするが身体は別、ということなのか。

「ああ。笑香さんと恋人のな」

しかしあっさりと言われて、佐古はとまどった。

「恋人……？」

「彼女には売れないミュージシャンの恋人がいるんだけどな。当然、家族には結婚を許してもらえなかったわけだ。それで、さっさと別れさせようとお堅い仕事の俺に縁談が持ちこまれたんだが」

なるほど、その流れは理解できる。

言いながらシャツを脱ぎ捨てて全裸になった征眞は、佐古の穿《は》いていた下着を強引に脱がし始める。

佐古はなんとか腰を上げて、それに協力した。

「それがどういうわけか、彼女、いきなりホストに狂い始めてね」

そして意味ありげな眼差しで佐古を眺め、いかにもとぼけたふうに口にした征眞に、ハッと佐古は息を呑んだ。

「おまえ……」

——知っていたのか？　自分が画策して近づけたことを。

知らず顔が赤くなってしまう。

そんなつまらない工作をしたことがバレていたとは。

……つまり、自分の気持ちなど征眞は知り尽くしていたということだ。

恥ずかしく、情けなく、そして少しばかり恨みがましい気持ちになる。

そういうタチの悪い男だとは、十分にわかっていたが。

「彼女と相談して、その状況を利用させてもらったわけだ。このままだとホストと駆け落ちしかねないですよ、と俺から彼女の両親に忠告したら、ようやく恋人との結婚を認めてくれたらしいよ。ま、ホストより売れないミュージシャンの方がまだマシだったみたいでね」

「おまえ…、じゃあ、今日のリハーサルは……」

「なりゆきでつきあったが、結婚するのは俺じゃない。俺はずっと彼女の相談役みたいな感じだったからな」

クックッ…と喉で笑われて、佐古は放心するように全身から力が抜けてしまった。

——本当に、タチが悪い。

内心でうめきながらも、では、公春あたりもすべて知っていたのだろうか……？

自分の気持ちも？　わかっていて、あんなに煽ってきたということだろうか？

そう思うと、今度どんな顔をして会ったらいいのかわからない。

と、剝き出しになった佐古の中心に、何かが当たってくる。征眞が身を反らせるようにして、自分のモノをこすりつけていた。わずかに反応した佐古の男が征眞の手の中に包まれ、ゆっくりとこすり上げられる。

「おい…、ケガ人だぞ」

征眞とやるのはひさしぶりだった。激しくなりそうな予感に、思わず指摘しておく。

肉食獣の爪にかかった、手負いの獲物の気分だ。

「だから？」

しかし憎たらしく征眞が聞き返してきた。傲然《ごうぜん》と顎を上げて。

「おまえは俺のモノなんだろう？　俺の欲しい時に使えないモノには用はないぞ」

無慈悲な女王様の宣告。

「見かけ倒しで使えないのか？　おまえのコレは？」

指先で佐古の先端を弾くようにして、意地悪く尋ねてくる。

「使えるさ…」

荒くなる息を押さえ、低く声を絞り出す。

佐古としては、意地でもそう答えるしかない。実際、佐古のモノは器用な征眞の手に育てられて、あっという間に硬く存在を主張し始めている。

先走りがにじみ始めた先端がやわらかくもまれ、次の瞬間、温かい口の中に含まれていた。

うっ…、と佐古は低くうめく。

身をよじった拍子に腹が鈍く痛んだが、それよりも与えられる快感が上まわっていた。

ひさしぶりの愛撫にいきり立ち、情けなく一気に出してしまいそうになる。

硬く反り返したモノがやわらかな舌で繰り返しなめ上げられ、先端が口にくわえられて、小さな穴が丹念にしゃぶられた。

無意識に突き上げるように腰が動いてしまい、征眞のいくぶん苦しげな声がひどく淫らに耳に届く。

いったん顔を上げた征眞がいやらしく濡れた唇を指で拭い、満足げに佐古を見つめてきた。

「使えそうだな……。ん？」

その眼差しに、ドクッ…と何かが弾ける。

「征眞……！」

思わず伸ばした手で征眞の腕をつかむと、そのままシーツへ引き倒した。

身体を反転させ、上から押さえこむようにしてのしかかる。膝でがむしゃらに征眞の足を広げ、その間に身体をねじこんでいく。

「おまえ…、ケガ……っ」

その荒々しい動きに、征眞の方があせったように声を上げた。気遣わしげに眉をよせる。

「おまえの欲しい時に満足させてやらないとな……。捨てられると困る」

荒い息をつき、佐古は両手で征眞の顔を包みこむと、深く唇を重ねた。

「ん…っ」

薄く誘うように開いた唇から舌をねじこみ、甘い舌を絡めとると、たっぷりと味わう。

伸びてきたしなやかな腕が佐古の頭をつかみ、さらに深く押しつけてくる。

唾液が滴るくらいキスを繰り返してから、貪るようにして佐古は征眞の喉元から胸へと唇を這わせた。

覚えのある骨っぽい身体だ。しなやかに引き締まって、女とはまったく違う。

だがこれほど自分を興奮させる身体は、他にはない。

反射的に押しのけようとした腕をつかみ、強引にシーツへ縫いとめると、無防備な胸へと攻撃を移した。

小さな突起を舌先でなめ上げると、あっという間に硬く尖《とが》ってくるのがわかる。たっぷりと唾液をこすりつけてから甘嚙みしてやると、征眞がこらえきれないように小さなあえぎ声をこぼす。

「っつ……っ、……ん…っ、あぁ……っ」

濡れた乳首を指でこするようにしていじると、さらに甘い声を上げて身がよじれた。

今まで見たこともないくらい、ひどく可愛く見える。

「おまえ…っ、いいかげんに……っ」

さらに執拗《しつよう》に両方の乳首をもてあそぶと、征眞が涙目で佐古をにらみ上げてきた。

「いいかげんに？」

いつになく優位に立てたようで、佐古は喉の奥で低く笑いながらそっと手を征眞の中心に伸ばした。そこでは形のいい征眞のモノが、すでに隠しようもなく変化して大きく反り返している。手の中でゆっくりとしごき上げてやると、征眞がどうしようもなく腰を揺すってくる。

「あっ…、ん……っ、ああ……っ」

それが甘えてさらにねだってくるように思えて、佐古の中心もますます熱くなる。

佐古は征眞の両膝を抱え上げるると、ためらいもなく征眞のモノを口に含んだ。

口の中で一気に張りと大きさを増し、先端から蜜《みつ》をこぼし始めたモノがいとおしく、その蜜を拭いとるようにして舌を使う。

「んっ…ん……っ、……あぁ…っ」

爪を立てるようにして夢中で佐古の髪をつかみ、征眞が腰を振り乱した。

わざといやらしく濡れた音を立て、いったん口から離した佐古は、そのまま奥へと舌をすべらせていった。

わずかに腰を浮かせるようにしてさらけ出した細い筋をねっとりと舌先でたどり、さらにくすぐるようにして何度も行き来する。さんざんあえがせてから、ようやく隠された奥を指で押し開く。

「あ…っ、――やめ……っ」

その気配にとっさに足をばたつかせた征眞に、佐古はふっと顔を上げて言った。

「ケガ人だぞ？　おまえの足が腹に当たったら、傷口が開くかもな？」

「おまえ……っ」

そんなことが脅しになるとは思わなかったが、征眞が悔しそうな目でにらみつけてくる。

意外と、少しくらいは佐古の身体のことも考えてくれているらしい。

低く笑って、再び佐古は舌を奥へとすべらせた。

硬く窄《すぼ》まった襞《ひだ》にやわらかく舌を這わせ、くすぐるようにかきまわしてから、こじ開けるようにして唾液を送りこんでいく。

「あぁっ……、そこ……っ」

逃げるように引いた征眞の腰を力ずくで引きもどし、さらに奥まで舌先を伸ばす。ぐちゅっ…、と濡れた音がひどくいやらしく響く。

その後ろへの刺激だけで、征眞の前はとろとろと蜜を溢《あふ》れさせていた。

「どうした…？　今日はずいぶん早いな」

自分が主導権をとれることなど、本当にめったにない。

佐古は調子に乗るように指を伸ばし、濡れそぼって敏感になった先端をもむようにしてこすってやる。

「ひ…っ、あぁぁぁ……っ」

征眞が大きく腰を跳ね上げた。

「ほら…、足が傷口に当たるぞ」

わずかに身体を反らして言った佐古の言葉に、一瞬、征眞の動きが止まり、その隙を逃さず、佐古はのしかかるようにして征眞の足を押さえこんだ。

容赦なく大きく広げさせる。征眞の中心が、淫らに佐古の目の前にさらされる。

恥ずかしく蜜を溢れさせ、誘うように震えているモノが。

「覚えてろよ…っ」

悔しげに征眞がにらんでくる。

ゾクゾクするくらい、それがうれしい。自分がヘンタイかと思うくらいだ。

「覚えてるさ…」

かすれた声で返すと、佐古はそっと、征眞の足の先にキスを落とした。

一つ一つの指をなめるようにして、丁寧に。

それから這い上がるようにして、内腿に唇を這わせると、暴いた奥の入り口に指をあてがった。

唾液に濡らされてとろけた襞が、指先にいっせいに絡みついてくる。軽くかき混ぜるようにすると、さらにはっきりとそれがわかり、征眞が真っ赤になって顔を背けた。

佐古はゆっくりと中へ指を沈めていく。熱い中に太い指がくわえこまれ、きつく締めつけられる。

わくわくするようにその感触が楽しい。

何度も抜き差ししてそれを確かめる。

指を二本に増やし、大きくえぐるようにすると、征眞の身体が大きくうねり、こらえきれないように腰を揺すってきた。

「あぁっ…、あぁ……あぁぁ……ん……っ」

しばらく前と合わせて愛撫し、征眞の溶けるような表情を楽しんでから、佐古は一気に指を引き抜いてやった。

「あぁ……っ、まだ……っ」

征眞の切なげな声がほとばしる。

しかし口走った瞬間、しまった、というみたいに表情がゆがむのがひどく可愛い。

佐古は汗ばんだ征眞の額の髪を撫で上げ、こめかみに、頬にキスを落とす。

「指でいいのか？」

そして耳元で、こそっとささやいた。

「さっきさんざんおまえに煽られたモノがおまえを欲しがっているんだが？」

とぼけたように聞きながら、佐古は自分のモノを征眞の後ろにこすりつけてやる。

「あ…っ…」

征眞が小さくうわずった声をもらした。

熱く潤んだ襞が、佐古の先端をしゃぶるみたいに絡みついてくる。なだめるようにかきまわすと、さらにねだるみたいに吸いついてきて、必死にくわえこもうとする。

「くそ…っ、早く入れろ…っ、バカが…っ」

涙目で罵倒《ばとう》してくる表情だけで、佐古のモノも暴走しそうになる。とても抑えることなどできなかった。

「本当に……タチが悪い……っ」

知らず低くうめくと、征眞の腰をつかみ、佐古は一気に突き入れた。

一番奥までえぐり、腰をつかんだまま激しく揺すり上げる。

「あぁぁ…っ、いい……っ」

すがるように伸びてきた征眞の腕を引きよせ、汗ばんだ身体を密着させて、さらに何度も突き入れてやる。

佐古の腰に足を絡めるようにして身をよじり、声を上げて征眞が達したのがわかった。

その瞬間、きつく締めつけられて、佐古もこらえきれずに中へ放ってしまう。

ぐったりとした身体がシーツへ沈み、佐古も息を整えながら、ゆっくりと自身を引き抜いた。

「……おまえ……、死にたいのか？」

荒い息をつきながら、征眞が低くうめく。

気がつくと、……あたりまえのように、佐古の包帯は血で染まっていた。傷口が開いたらしい。

「そのくらいの価値はあるさ。おまえを抱けるんならな」

それでもぶり返してきた痛みをこらえ、何気なくそう言うと、手を伸ばしてそっと征眞の頬を撫でる。

本心でそう思う。

一瞬、大きく目を見開いた征眞が照れたように視線をそらせた。

「バカだろ…」

やっぱり可愛くない言葉をつぶやいて。


きっとこの先も、征眞の望むままに使われることになるのだろうが、それでも佐古にとっては幸せだった——。

end.

リーガルガーディアン

「おまえ、身体《からだ》はイイもんな…。あっちの方もうまそうだ」

にやりと笑って征眞《いくま》が言った。


あの時、いったいどんな話からそんな流れになったのか、いまだに佐古《さこ》にはよくわからない。

二人で佐古の部屋で飲んでいた時だった。というか、佐古が一方的に征眞の愚痴を聞いてやってい
たのだ。

おたがいに二十五くらいの頃《ころ》だった。

征眞は大学を卒業前に司法試験に合格しており、司法修習ののち、公春《きみはる》の法律事務所へ入っていた。

既定路線だ。そのために弁護士になったわけでもある。

就職の心配がないのはラッキーだな、と最初は笑っていたのだが。

あの征眞をして、予想以上に仕事はハードだったらしい。

ヤクザ御用達の刑事弁護士だ。単純な傷害や恐喝といった事案も多かったが、最近ではクセのある
素人が法律を盾にヤクザを脅してくるような場合もある。本当に法律スレスレの、神経を使う交渉に
なるようだった。さらに、銃刀法違反だとか、暴行傷害だとか、法廷に持ちこまれる案件になると基

本的にボスの公春が出るのだが、その補佐としての細かい仕事もある。

事務所としては民事の仕事も請け負っていたので、二年目くらいになると、そちらの方もかなりの部分で征眞が任されるようになっていた。

実際のところ、与えれば与えるほど征眞はきっちりとその仕事をこなしてしまうので、もともと大雑把《おおざっぱ》な――いや、おおらかな性格の公春はますます楽をして征眞に仕事をまわすようになり、さらに征眞はいそがしくなるという、……ある意味、悪循環なのである。なまじ完璧主義な性格も、それに拍車をかけているのかもしれない。

まあ、征眞が働き始めて以来、依頼数もこなせるようになり、一気に仕事量が増え、比例して収入も名声も高くなっているわけで、事務所的にはよいことなのかもしれないが。

しかしそれにともなって征眞の愚痴が増えるのも、また当然だった。

「ったく…、女を作るヒマもねぇしな。どこで発散させりゃいいんだよ……」

その日、何かの事件が山を越したタイミングで、征眞はクダを巻きに佐古の部屋を訪れていた。

この頃はまだ、佐古は名久井《なくい》組の舎弟の一人というだけであり、とはいえ、若手の中では頭一つ出た存在で、組長や幹部からも目をかけられていた。

征眞とはともに家出少年だった十五の頃からのつきあいだ。しかしヤクザ稼業にどっぷりと浸《つ》かった自分とは違い、大学へ進学した征眞とは、その間、ほとんど接触はなかった。普通の、カタギの生活ができるのなら、征眞にとってはその方がいいとも思っていた。

しかし恩を忘れず、征眞は公春のもとで働き始め、公春とのパイプ役のような立場になった佐古とも、また頻繁《ひんぱん》に顔を合わせるようになった。

そして昔の気安さもあってか、征眞は時々、佐古のアパートで飲んでいくようになっていたのだ。

当時の佐古はまだ学生のような1DKの小さな部屋で暮らしていて、すでに高給取りだった征眞の方がずっといい生活をしていたはずだが、征眞は好んで佐古の部屋に泊まっていった。

佐古の方から征眞の部屋に行くことはなかった。ヤクザ御用達の弁護士とはいえ、社会的にはカタギの身分だ。あからさまにヤクザの自分が身辺をうろつくことは、決して征眞のためにはならない。

だから、いつどんな場合であっても、征眞から訪ねてくれるのはうれしかった。

「飲んで憂さを晴らすくらいなら、いつでもつきあってやるが」

この日も夜も遅くなってやって来た征眞と、狭い寝室兼リビングで転がって酒を飲んでいたはずだった。ふだんと同じように。

「そっちじゃねーの。こっちの話だろ」

あるいはふだん以上にたまっていて、酒も多めに入っていたのかもしれない。

ベッドの脇《わき》でラグの上にだらしなく崩れていた身体を伸ばし、征眞がギュッと佐古の股間《こかん》をつかんできたのだ。にやっとおもしろそうに口元で笑いながら。からかうみたいに。

「……店の女を紹介するか？」

サラミをかじっていた佐古は、一瞬ビクッとしたものの、顔をしかめ、無造作にその手を引き剝《は》がした。酔っぱらいを相手にしても仕方がない。そんな思いで、淡々と尋ねてやる。

この頃、佐古はすでにクラブやバーなどの飲み屋を何軒か経営していた。まったく気は進まなかったが、同じ男だ。身体の相手がほしいという感覚はわかる。佐古にしても、生理的な問題で適当に手を出していないわけではなかったから。

「いいよ。いちいち機嫌をとって相手をする気力もないからな」

引き剝がされた手を不機嫌そうに振って肩をすくめ、いかにもめんどくさげに征眞が答えた。

「風俗がいいのか？」

手軽で後腐れがなくて。

「仮にも弁護士だからな。そんなところに出入りしてるのがバレたらヤバイ。……ていうか、男の方がいいな。女は面倒《めんどう》だ」

さらりと言われて、佐古は一瞬、言葉に詰まった。

征眞がそういう男——どっちもいけるということは知っていた。特に隠していたわけでもない。

出会った十代の時は、おたがいに見境のない青少年らしく経験を自慢し合うようなこともあった。

それこそ初体験を、いつ、誰《だれ》とやったか、というようなことを。

こういう環境だ。結局のところ、おたがいに年上の風俗嬢だったわけだが。

佐古は、普通なら洟《はな》も引っかけられない下っ端の身分だったが、案外年上のお姉様方には可愛《かわい》がられた。ホステスやキャバ嬢や。実力もなく、バックの組の名前を笠《かさ》に着て粋《いき》がっているだけのチンピラとは違い、どこか生真面目《きまじめ》であまり擦れていない雰囲気が好感を持たれたようだ。征眞はもともと、そのきれいな容姿でアイドル並の人気があった。

やらせてくれる女に事欠かない状況だと、若い性への渇望は比較的早く落ち着いてくる。

征眞は公春の指導で勉強に身を入れるようになっていたし、佐古の方も組関係の仕事に関《かか》わるようになり、……そう、いつしか女の話題などは子供っぽいという感覚になっていたのだろうか。

二人でいても、自然とそういう話題は出なくなっていた。おたがいの近況やら、将来のことやら。組の仕事とか、人間関係とか。そんな話ばかりで。

佐古としてもいちいち征眞の女関係を聞くようなことはしなかったのだが、十七――いや、ちょうど十八になったくらいの頃だったか、その噂《うわさ》が佐古の耳にも入ってきたのだ。

征眞が魚住《うおずみ》という男とつきあっている――と。

名久井組の舎弟、しかも幹部だった。その当時の佐古からすれば、ほとんど雲の上の存在といったくらいの。

佐古たちよりも十歳ほど年上だっただろうか。当時は若頭補佐という立場で、次の若頭と目されていた男だ。

クールでスタイリッシュで。やり手で。スレンダーなボクサー体型というのか、一見ケンカが強そうには見えなかったが、どこか近寄りがたい雰囲気を持っていた。そう、近づけばバッサリと斬《き》られそうな張りつめた空気感というのか。

誰に対しても突き放すような冷たい言動だったが、しかし一度懐に入ればきっちりと守ってくれる。そんなタイプだ。

佐古にしても一から仕事を教わった男で、尊敬と憧《あこが》れを持っていた。

だが征眞との噂を聞いた瞬間は、まさか、と思った。

ヤクザ社会の中で、そうした関係はめずらしいものではなかったが、まさか征眞がそうだとは想像したこともなかったのだ。

――男と……？

ドクッ…、と身体の中で血が沸騰するようだった。知らず、身体の芯《しん》が熱くなった。

それがどういう意味なのか、深くは考えなかったけれど。

だがそれから数日後、佐古は決定的な場面を見ることになった。用を言いつかって訪れた魚住の部屋で、征眞とかち合ったのだ。……明らかに情事のあと、という様子の。

やはり、とは思いつつ、相当な衝撃だったがそれを顔に出すことはしなかった。動揺を、征眞にも魚住にも知られたくなかった。

ただ、そうだったのか…、と。その事実を自分の胸の中にきっちりと収めた。

男でもいいのか、と。そして、魚住とそういう関係なのだ、と。

魚住のような男がタイプなのか――、と。

兄貴分である魚住は、当時の佐古とは比べものにならないくらい大きな、しっかりとした大人の男だった。

『いいのか？　受験もあるんだろう？』

それで征眞を非難したり、冷やかしたり、つっこんで尋ねたりということはもちろんしなかったが、それでもそんなふうに聞いたことがある。

『息抜きは必要だろ。魚住さん、うまいしね。すっきりさせてくれるよ。オトナだし、俺《おれ》を束縛したりしないしな』

それに征眞は笑って、あっさりとそんなふうに答えていた。

多分、二人がつきあっていたのは二、三年ほどだったのだろう。征眞が大学に通い始めるようになってからも、魚住の部屋で征眞の気配を感じることはあった。見覚えのある服や、靴や。ヤクザの部屋には不似合いな大学ノートや。

だがその間でさえ、魚住には別に女もいたし、征眞にも他《ほか》に適当に遊んでいる女はいたようだ。

おたがいに大人の関係というわけだった。

佐古のほとんど知らない征眞の大学時代、そして卒業後に働き始めてからも、征眞がプライベートでどんな交友関係があったのか、佐古にはわからない。あえて知ろうとも思わなかったが、おそらく他の男とのつきあいもあったのだろう。

ただ殺人的にいそがしくなったここ一、二年では、さすがにそんな相手を探すヒマさえなくて持て余していた、ということだったらしい。

「……男か。まあ、顔の利くホストクラブもあるが」

そっと息を吐いて、佐古はそれでも淡々と言った。胸の奥に鈍い痛みを覚えたが、それには気づかないふりをしていた。

「んー、女だったら適当でいいが、男はある程度、相性があるからなぁ…。好き勝手やられんのは我慢できないしな」

例によって傲慢《ごうまん》ともワガママとも言える物言いに、佐古はちょっと笑ってしまう。

「なんだよ？」

そんな佐古を、征眞がいくぶん不服そうに見上げてくる。

「いや、おまえらしいと思ってな」

ふん、と征眞が鼻を鳴らす。そしてふと、妙に意味ありげな笑みを口元に浮かべると、しなだれかかるように身体を伸ばし、佐古の太腿《ふともも》を枕《まくら》にするみたいにして床に寝そべった。

その重みにドキリとする。

「おまえはどうなんだ？」

上目遣いに聞かれ、え？　と思わず佐古は聞き返していた。

クッ…、と喉《のど》で笑い、伸ばした手でいかにも挑発するように佐古の足を撫《な》で上げながら、征眞が言ったのだ。

「おまえ、身体はイイもんな…。あっちの方もうまそうだ」

値踏みするような眼差《まなざ》しで佐古を見上げて。

おそらく、手近で間に合わせようと思ったら目の前に佐古がいた、ということなのだろう。つまらないトラブルになることもないし、気心も知れている。

佐古は瞬間、返事ができなかった。自分が征眞のそういう対象になれるとは思ってもいなかった。

「どうかな……」

自分でも混乱したまま、ようやくそんな言葉を返していた。

「やってみるか？」

むっくりと身体を起こし、征眞が言った。いたずらっぽく誘うような、探るような目で。

そっと息を吐き、乾いていた唇をなめて——佐古は答えた。

「ああ」

短く、一言だけ。

しかし瞬間、体中に何かいっぱい、熱いものがこみ上げていた。必死に抑えていないと叫び出しそうだった。

「楽しみだな…。おまえ、案外、店の女には人気だっていうしな」

どこでそんな話を聞いているのか、征眞はにやっと笑って言うと、そのまますぐ横にあったベッドに気軽な調子で腰を下ろし、自分でシャツを脱ぎ始めた。

征眞にとってみれば、セックスなどほんの気晴らし、憂さ晴らしという程度なのだろう。

だがそれでもよかった。満足させてやりたかった。

あらわになった肌を無意識に見つめ、ハッと我に返るように、佐古も自分の服を脱いだ。

征眞の前で膝《ひざ》立ちになると、征眞がするりと腕を伸ばし、佐古の髪に触れてくる。わずかに引かれるような動きに、佐古は無意識に征眞のうなじをつかみ、唇を重ねていた。

目眩《めまい》がするようなキスだった。初めての。薄い唇を割って舌をねじこみ、征眞の甘い舌を絡めとる。

夢中で何度も吸い上げ、深く味わった。

ん…っ、と征眞の鼻から抜ける小さなあえぎに、ドクッ…と下肢に血がたまるようだった。

かすかに濡《ぬ》れた音が耳を打ち、軽く肩を突き放されるような感触に、ようやく唇を離す。

夢から覚めたように、佐古は息を吐いた。目の前に、吐息が触れるほど近くに、征眞の顔があることが信じられなかった。

「……ま、いいだろ」

征眞は唾液《だえき》に濡れた唇を指先で拭《ぬぐ》い、小さく笑った。

キスは及第点、ということだろうか？

我を忘れて奪ってしまって、今さらながらにホッとする。

そのままベッドへ横になった征眞に誘われるように、佐古もベッドへ乗り上がった。

征眞の身体に覆い被《かぶ》さり、そっと、大切に包みこむようにして抱きしめる。その輪郭や大きさや熱を、自分の肌に刻みこむように。

足を絡め合わせ、おたがいの中心をこすり合わせる。それだけで、一気に自分のモノが力を持ってくるような気がした。

「今さら…、男がムリだとか言うなよ？」

「それはない」

身体の下からうかがうように言われ、きっぱりと佐古は答えた。

「……経験、あるのか？」

ちょっと意外そうに、征眞が聞き返してくる。

「いや。だが問題はないだろう」

経験など関係ない。征眞だからだ。

何度も……夢想したことはある。征眞で抜いたことは、何度も。

自分の手の届く男だとは思っていなかったから、本当にどうして今、こんな体勢になっているのか、まったくわからなかった。

それでも一生に一度かもしれないこの思いがけない機会を、逃す気はなかった。

「ま、そうだな。俺がおまえを掘ろうってわけじゃないし。やる分にはたいして変わらないかな」

あっさりと気楽に言うと、征眞は腕を伸ばし、佐古の背中を引きよせた。

その初めての時がどうだったのか、正直、佐古はよく覚えていない。ただもう夢中だったというだけで。

好き勝手やられるのは我慢できない、と言われていたのに、ほとんど征眞の言葉は耳に入らず、暴走して終わったような気もする。

実際、終わったあとには、ぐったりと疲れ果てたようにシーツに身体を伸ばした征眞に言われたものだ。

「おまえ…、女相手でもこんなセックスなのか？」

「意識したことはないけどな」

こんな、ってどんなだろう？

と、内心ではビクビクしながらも佐古はベッドの端に腰を下ろし、背中の征眞とは顔を合わせられないままに下着を身につけながら、なんとか淡々と答える。

「……よくなかったか？」

それでも意を決して、振り返って尋ねると、征眞は気怠《けだる》そうに布団を顔まで引き上げながら、くぐもった声で返してきた。

「悪くはなかったよ。言いたいことはいろいろとあるが、まぁ、初めてだしな。こんなモンだろう」

微妙な評価だ。ホッとするような、いろいろと考えてしまうような、複雑な気分になる。

「おまえさ…、ムードがないって言われないか？　そりゃ、おまえは強面《こわもて》で売ってんだしな。最中にへらへら笑われても恐いし、いきなり口数が増えても不気味だけど。……まー、そもそもムードとか、おまえに期待する方が間違ってるのか」

仕方ないな、とでも言うように小さく笑って言われ、佐古は返す言葉に詰まった。

「魚住さんとか、あの人もふだんは愛想のない人だけど、ベッドの中ではすごい甘やかしてくれたからなぁ…」

「そうなのか？　意外だな…」

何か思い出すようなやわらかな口調でつぶやかれ、佐古は何気なく答えながらも、ずーん…、と落ちこんでしまった。

甘やかす——征眞を。正直、自分には荷が重い気がした。

その最中に、ベッドの中で何を言えばいいのか、どんなふうにすれば喜ぶのかもわからない。

確かに女相手でさえ、機嫌をとるような甘い言葉などささやいたことはないのだ。そんな必要があるとも、考えたことはなかった。

つまり——。

「満足できなかったのか？」

悔しさというか、情けなさを覚えつつ、このざまじゃ二度とこんな機会はないんだろうな…、となかばあきらめにも似た気持ちがじわりと湧《わ》き上がってくる。

仕方がない、と自分に言い聞かせるような思いで尋ねた佐古に、布団からわずかに視線を上げて、征眞が吐息で笑った。

「そうでもない。ちょい、飛ばし過ぎだったけどな。ま、モノはいいんだし？　慣れだろ」

布団をはみ出して伸びてきた指が、からかうようにツッ…、と佐古の裸の背中を撫でる。

ゾクッ、と身体の芯が震えた。

「征眞……？」

知らず息をつめるようにつぶやいた佐古に、征眞は唇で笑って言った。

「覚えろよ。俺の…、カラダ」


そのあと佐古は二回引っ越し、その都度、部屋は広くなった。ベッドも、だ。

自分一人なら、正直、部屋などどうでもよかった。どうせ寝に帰るだけだ。だが征眞が訪ねてくるのなら、それなりに心地よくいられるようにしておきたかった。まあ、組の中での地位も上がり、それなりの体面と見栄《みえ》が求められる立場にもなっていた。

あれから八年──。

こんなふうに征眞と続いているとは思ってもみなかったし、……思いが通じるなどということは考えてもいなかったのに。

大きなベッドの中で静かに目を閉じている男の寝顔を、佐古はじっと見つめてしまう。

どうやら仕事上のストレスは相変わらず大きいらしく、征眞はこのところ週に一度くらいは佐古の部屋へ泊まっていくようになっていた。

セックスは征眞にとって、一番手軽で効率的な発散方法なのだ。

佐古としては、顔に出さないままにもうれしいことだったが、反面心配にもなる。

佐古自身も、もちろん自分の仕事に難しさやプレッシャーは感じるが、ストレスということはなかった。その時々で常に、自分の信じる道を選んでいたからだ。

自分の下す決断に迷うことはあっても、後悔することはしなかった。そんなヒマがあれば、先の展開に備えた方がいい。

そして失敗したら、すべて自分に返ってくるだけだ。いつでもその覚悟はあった。

もっとも征眞にしても、こんなふうに発散できるくらいのストレスであれば、かえって負けん気に火をつけているくらいかもしれない。

ただいそがしすぎて、身体を壊さないといいが――。

「そんなに見惚《みほ》れるほどいい男か？」

いつの間にか起きていたらしい。ふいに目を開いて、からかうように征眞が尋ねてきた。

「そうだな」

あっさりと、まっすぐに答えた佐古に、征眞が苦笑した。

「いいかげん慣れろよ。何年のつきあいになるんだ」

布団の中で体勢を変えながらあきれたように言われたが、それは無理だ、と思う。

つきあいがどれだけ長くなろうが、慣れるとは思えない。少なくとも、こんな情事のあとの色っぽい、可愛い顔に慣れるのは不可能だ。

どれだけ見ても見飽きることはない。

ただ――多分、こんなふうに初めて寝た時のことを思い出したのは、この間ひさしぶりに魚住に会ったからだろう。

実は魚住は、二年前に組を去っていた。五歳になる娘のためにヤクザから足を洗ったのだ。結婚はしていなかったが、娘の母親になる女が病気で亡くなり、他に育てる人間がいなかったらしい。

次の若頭にと誰もが認めていた男だったから、さすがに組は混乱した。本来ならとても許されることではなかったが、魚住の覚悟に結局、組長も折れるしかなかった。

そして繰り上がるような形で、佐古が抜擢《ばってき》されたのが一年前だ。

そのような大役は身に余ります、と当初、佐古も断ってはいた。兄貴分にあたる組の重鎮は何人か残っていたし、まだ若い自分でなくとも、と。

しかし組長の匡来《まさき》自身、まだ四十前の若さだったたし、これからは若い力で組を引っ張っていってくれ、とまるで出馬をうながす政治家のような口調で説得されたのだ。

実際のところ、寡黙で実直な佐古は昔気質《かたぎ》の長老格のヤクザたちに受けがよかった。組の中でも、対外的にも、だ。

上から何を命じられても基本的に断ることはなく、言い訳することもなく、きっちりと仕事をやり遂げた。その上で自分の意見ははっきりと口に出し、どんな時でも真摯《しんし》に組の将来と利益を考えて動いていた。

俺たちがしっかりと脇を支える。だからおまえには、その先頭に立ってほしいのさ。

そう言われて、佐古も受けるしかなかった。……結局のところ、何かあった場合の矢面に立つ、ということでもあったのだが。

カタギになった魚住とは、その後いっさいの接触はなかったが、つい先日、偶然街で顔を合わせたのだ。

小さなバーを開いているらしく、今度征眞を連れて気楽に飲みにこいよ、と言われた。

足を洗ったとはいえ、ずいぶんと世話になった兄貴分だ。自分がカタギになると、昔の仲間――ヤクザとはもう関わり合いになりたくない、という連中も多いようだが、魚住にそんなこだわりはないようだった。

まあ実際、昔の顔もあったし、舎弟からも慕われていた男だったので、魚住の店に客として飲みに行っている連中も結構いるらしい。

だが正直、佐古は迷っていた。

いや、自分が飲みに行くのは別に問題はない。が、征眞と一緒に、と言われると、ちょっとためらってしまうのだ。

やはり…、征眞にとって魚住は特別な存在だろうから。

しかし隠しておくわけにはいかなかった。会うも会わないも、征眞が判断することだ。

「征眞」

そっと息を吸いこんで、佐古は口を開いた。

うん？　と枕の上で、征眞が気怠げに頭の向きだけを変えてくる。

「実はこの間、魚住さんに会ったんだが」

静かに言った佐古に、征眞がわずかに目を見開く。

「へぇ…、魚住さんに？　元気だったか？」

やわらかな、純粋に懐かしそうな口調。

「ああ。今は小さなバーを開いているようだ。一度飲みに来いと言っていた。……ああ、ここだ」

佐古は腕を伸ばしてサイドテーブルの引き出しに入れていた名刺を抜き出すと、征眞に渡す。

「ふぅん…、バーテンダーとかやってんのかな。器用な人だったし」

指に挟み、それを眺めて、征眞がくすくすとおもしろそうに喉で笑う。

「玲奈《れな》ちゃんだっけ？　意外といいパパになってるのかもな」

征眞の、魚住への評価は高い。佐古も同様だったが、おそらくそのポイントは少しばかり違う。

征眞にとって、魚住は昔の男――なのだ。

なぜ別れたのかは知らない。だが、悪い別れ方ではなかったようだ。

おたがいの将来を考えた結果、とか、そんなことだろうか。

——今なら？

ふと、そんなことを考えてしまう。

「今度行ってみてもいいな。ひさしぶりに顔も見たいし」

さらりと言った征眞に、そうだな、と佐古もうなずくしかなかった。

◇　　◇

はっきり言って、征眞にとって今回の事件はおもしろい仕事ではなかった。

この日の公判を終え、征眞はペコペコと頭を下げる被告人の肩をたたいてから、うんざりとしたため息とともに法廷を出た。

「ご苦労だったな」

待っていたらしい佐古が声をかけてくる。

公判中は、人のまばらな傍聴席の隅で一人静かにすわっていた。今日の裁判は、被告が佐古の舎弟だったのだ。直接の、というわけではなく、佐古の補佐についている道長《みちなが》の弟分らしい。

罪状としては、暴行と恐喝。借金の取り立てに行った先で相手を脅迫し、殴ったということで訴えられ、起訴された。

しかし、暴行といってもほんのかすり傷だ。骨折があったわけでなく、肩の脱臼《だっきゅう》がせいぜいで、あとは打撲と裂傷でほんの全治二週間程度。さらにむち打ちだとか言っていたが、それがこの時の暴行が原因かはあやしいものだった。いや、それ以前に症状自体があやしい。

そもそも借金しているのは被害者の方で、普通ならヤクザ相手に訴えるなどということは考えないレベルだが、相手はかなり強気で意固地な男だったらしい。あるいは、ヤクザ相手だったからあえて、だったのか。

社会正義のためではなく、ヤクザに対する世間様の風当たりも、当局の締めつけも厳しくなっている昨今、あわよくば借金を踏み倒そうという根性なのかもしれない。

そんな小さな事件だったから、ヤクザがらみとはいえ公春は初めから征眞に丸投げだった。実際、めんどくさい尻拭《しりぬぐ》いというだけの案件でもある。

「まったくだな。つまらない事件を押しつけやがって」

不機嫌なままに、ずけずけと征眞は言い放つ。

一緒にいた道長が「お手数をおかけしますっ」とガバッと頭を下げてきたが、さすがに征眞の毒舌に慣れている佐古はさらりと受け流した。

「おかげで執行猶予がつきそうだな」

型どおり「反省し、今後、二度とこのようなことがないように……」という、つっかえつっかえだった被告人の最終陳述も終わり、今日で結審したので判決が出るのは二週間ほど先になる。が、今日の法廷で流れはだいたい決まっていた。

暴力団と関わりがある、といってもまだ正式な構成員ではなく、せいぜい禁固数カ月で執行猶予がつくか、あるいは数日の拘留ですむか。

実際のところ、こんなことで重刑になったら先々の取り立てが面倒になる。

「初犯だしな。被害者もいいかげんたたけば埃《ほこり》が出る身体だ。情状証人もいらないくらいだったぜ」

そんな言葉に、佐古が薄く笑った。

「おまえがたたきまくって埃を立てたんだろうが」

「それが仕事だからな」

にやりと笑い、肩をすくめるようにして征眞は返す。

被害者の別れた妻の涙ながらのDV証言。浮気相手からも「気が短い男だった。ついでにアレも短かった」証言。かつての従業員への暴行疑惑。ギャンブルや浮気に注ぎこんだ借金も、被告の会社からだけでなく他にも多くの闇金《やみきん》からしている事実。

さらには被告が投げてきたと訴えていた割れた瓶からは被害者の指紋しかとれておらず、目撃者の証言する位置関係からも、それは被告ではなく被害者が投げたものだと理論的に考えられた。つまり、先に手を出したのは被害者の方だ、と。

そんなことから、すでに弁護人の征眞だけでなく裁判官も、検察でさえも、うんざりしている裁判だった。やる気なのは、証言台に立って唾《つば》を飛ばして被告を非難していた被害者だけだ。

今回の征眞の、身も蓋《ふた》もなく被害者を吊《つる》し上げるような「弁護」のおかげで、手を出した以上無罪にはならないだろうが、被告が重刑を食らうことはないだろう。

「てめぇ…っ、弁護士のクセにヤクザの肩を持ちやがってよっ！」

と、いきなり征眞の背中から憎々しい声が響いてくる。

ふり返ると、その被害者——武森《たけもり》がいきり立った様子で征眞をにらみつけていた。五十過ぎの、自動車修理の小さな店をやっている男だ。

「いくら金を積まれてんだ、あんた？　社会のクズだな。ゴキブリみたいな野郎だよっ」

そんな口汚い非難に、横で佐古が動こうとしたのを征眞は片手で止めた。

ヤクザお抱えの弁護士をやっている以上、聞き慣れたセリフでもある。

「女に手を上げるなんて、ゴキブリ以下のダニにもならないようなウジ虫に言われても痛くも痒《かゆ》くもありませんね。私《わたし》がクズならあなたはクソでしょう。転がってるだけで邪魔で汚い。だいたいウジ虫の分際で私の前に立とうなんて、百万年早いですね。もうちょっと進化してから来てくれませんか」

「な…なんだと…っ！」

容赦のない罵倒《ばとう》に、武森が顔を真っ赤にした。なまじ上品で整った顔でつらっと言われるだけに、破壊力は大きい。

横で、やれやれ…、というように、佐古が嘆息した。

怒りのあまりにぶるぶると震えて立ちつくす男に、征眞は何気ない様子で近づいていった。

「……しかし、武森さん。どうして名久井組の舎弟を相手に訴えるなんてバカな真似《まね》をしたんです？　誰かに頼まれでもしましたか？」

男と肩が触れ合うくらいの距離で、こそっと耳元でささやいてやる。

ふいにギクリとしたように顔色を変え、武森がいきなり視線を落ち着かなげに漂わせた。

「べ…、別にそんな……。暴力をふるわれたんだっ。と、当然の権利だろっ」

いかにも挙動不審で、裏がありそうではあったが。

「ウジ虫が一人前に人権を主張しようなんて笑わせてくれますけど。……まあ、いいでしょう。ただし私を敵にまわしたからには、あなたの人生はこの先、楽しいものになるとは思わないことですね」

口元に小さな笑みを浮かべ、征眞はことさら朗らかな調子で言った。

「なんだよ、てめぇ…、脅すつもりか？　ええっ？」

男が不気味そうな、どこか探るような目で、それでもなんとか強気をとり繕って征眞を眺めてくる。

征眞は内ポケットからプリントアウトした写真を一枚取り出すと、男の鼻先に突きつけた。

「この写真、差し上げますよ。よく撮れてるでしょう？」

「おまえっ、これ……っ」

武森があせったように、その写真を引きつかむ。

若い――どう見ても、中高生といった女の子の肩を抱いて、にやけた顔でラブホテルに入る武森の写真だ。明らかに援助交際。さらに言えば、未成年への猥褻《わいせつ》容疑がかかる。

この裁判のために集めた「資料」の中の一つだった。公判で出してもよかったのだが、まあ、直接事件に関わりのあることではなかったし、被害者の素行や人間性も十分に明らかにされている。これがなくても大筋は決まっていた。

「判決が出たら、警察に提出するつもりですけどね。なにしろ私は社会正義のために戦う弁護士で、犯罪撲滅を願う善良な市民ですので」

「きさまっ！」

頭に血を上らせた男が、いきなり征眞の胸倉をつかんできた。

しかし次の瞬間、佐古が男の腕を握り潰《つぶ》すくらいに強くつかんで引き剝がし、うっ、と男が苦悶《くもん》の表情で低くうなる。

「こんな場所で、暴行の現行犯で逮捕されたいですか？」

にっこりと微笑《ほほえ》んだ征眞に、くそっ、と武森が吐き捨てる。必死に佐古の手を振り払い、写真をぐしゃりと手の中で潰してポケットに押しこむと、足音も荒く去っていった。

「おまえ、夜道には気をつけろよ」

その後ろ姿を眺め、佐古がボソッとつぶやいた。

確かに口が悪いのは自覚している。それでむやみに敵を作っていることも。

実際、ついこの間も刺されたばかりだ。――自分の代わりに佐古が、だったが。

「おまえが守ってくれるんだろう？　若頭」

それに小さく笑って、征眞はポン、と佐古の肩に手を置く。

「まあな」

生真面目な顔で佐古がうなずいた。

相変わらずの無表情だったが、……妙にカワイイ。

そして一度口にした以上、きっちりと自分の言葉は守る。

昔からそうだった。出会った時から。

ヤクザにしておくには惜しい男気と責任感。カリスマ性。

恋愛にはストイックで——一途《いちず》で。

それが自分の男だ。そう思うと、こそばゆいくらいにうれしくなる。

「どうする？　時間があるなら、少し遅くなったが昼飯を食っていくか？」

ちらっと腕時計に目を落とし、歩き出しながら征眞は誘った。

二時をまわったくらいで、中途半端なところだったが。

「そうだな。おまえはいいのか？」

佐古が相変わらず淡々と返してくる。

「飯を食う時間くらいくれよ」

仕事は山積みではあったが、このところ事務所の後輩弁護士である祐弥《ゆうや》がだんだんとボスの公春の扱いに慣れてきて、なんとかせっついて仕事をやらせられるようになっていた。

事務所の代表でありながら、めんどくさがりで仕事もさぼりがちな公春であるが、祐弥には弱い。なにしろ溺愛《できあい》している二十歳も若い恋人なのだ。なので、征眞も祐弥をうまく使うことで、公春の尻をたたくことに成功していた。以前のように、四六時中目を光らせて仕事をさせる役目は、祐弥が受け持ってくれている。おかげでずいぶんと楽になった。

「ひさしぶりに吉田《よしだ》のおっさんのところへ生姜《しょうが》焼きを食いに行かないか？」

思い出して、若い頃はよく佐古とも顔を出していた安い定食屋を口にする。高級なフレンチやイタリアンより、佐古と一緒に行くのなら気楽な店の方がよかった。馴染んだ距離感だ。

「いいな」

そんな話をしながら裁判所を出たところだった。

「——あっ、兄さん！」

いきなり横から飛んできた甲高い声に、征眞はふっと足を止めた。

待ち伏せしていたらしく、あわてて吸っていたタバコを投げ捨てて走りよってきたのは二十歳を超えたくらいのいかにも軽そうな男だ。見覚えはあった。

とはいえ、顔を合わせたのは何年ぶり——というより、何回目、と言った方がいいくらいかもしれない。

手嶋弘樹《てしまひろき》。征眞の、実の弟だった。半分だけだが。

母と、再婚相手になる手嶋という男との間の子供だった。征眞の名乗っている「萩尾《はぎお》」という名前は、死んだ本当の父親の名字になる。

義父はそこそこ大きな不動産会社を経営しており、母はその行きつけのクラブで働いていたのだが、将来を考えて手嶋に目をつけたらしい。計算ずくで弘樹を身ごもり、子供のいなかった義父の妻を追い出すようにして後釜《あとがま》にすわったのだ。義父にしても血のつながった跡取りがほしかったのだろう。

征眞も一緒に引き取られたのだが、酒癖の悪かった義父にはしょっちゅう殴られたり、嫌がらせを受けていた。当時から際だった容姿で、……いや、幼かった当時はさらに中性的な危ういような色気があって、いやらしく絡んでくることもあった。

それに嫌気がさして、征眞は十四歳で家を飛び出したのだ。その当時、弘樹はまだ物心つく前の二歳だった。征眞は家出以来、一度も家に帰っておらず、弘樹にしてみれば兄がいたことすら知らなかったのではないかと思う。

捜索願が出されていたふしもなく、放《ほう》っておけ、というくらいの存在だったのだろう。家族の中で浮いていた征眞は、いなくなってくれた方がありがたかったくらいの。

しかし二年ほど前、弘樹が路上で暴行事件を起こした時、母親がいきなり助けてほしい、と事務所に現れたのだ。音信不通の息子だったわけだが、新聞か何かで征眞の名前を見かけていたようだ。弁護士になったことを知っていたらしい。

利用できると知って、あわてて連絡をとってきたのだろう。今さら家族との絆《きずな》をとりもどそうなどいう気はさらさらなかったが、仕方なく弟の示談交渉をしてやり、さらに義父の会社も経営状態がかなり悪くなっていたらしく、生活が苦しいという母親に五百万ほどを融通してやった。手切れ金というところだ。

それで、二度と顔を見せるな――、と征眞としては縁を切ったつもりだった。はっきりとそう告げてもいた。

弘樹ともその時に何度か顔を合わせてはいたが、兄弟などという感覚はまったくなく、弘樹にしても同様だろう。

正直、今さら何の用だ？　という感じだ。……いや、用件は察しがつかないわけではなかったが。

ろくでなしの父親に育てられたせいか、弘樹もかなりのろくでなしだった。なんとか三流の大学へすべりこんだものの、ろくに授業も受けずに遊びまわっているらしい。女の尻を追いかけているか、パチンコか。くだらない遊び仲間も多く、常に金には困っている。

「弘樹。おまえ、どうしてここにいる？」

眉《まゆ》をよせていかにも不機嫌に言った征眞に、弘樹はにやにやと答えた。

「事務所に電話したら、今日はここで裁判だって。やっぱ、すげーなっ」

何がすごいのか、単なるお追従《ついしょう》なのか、大げさに声を上げる。

「で、何の用だ？」

いちいち取り合わず、征眞は淡々と尋ねた。

「なんだよ…、冷たいな」

ふてくされたように、弘樹が口を膨らませる。それに征眞は、さらに冷ややかに言い放った。

「おまえに優しくしてやる必要があるのか？」

「実の弟だろぉ？」

「生物学的に半分はそうみたいだな。残念なことに」

「残念って…、そりゃアンタみたいに頭はよくなかったみたいだけどさ…。まあ、いいや。あのさ、兄貴、ちょっと金、貸してほしいんだけど？　十万…、いや、五万でいいんだ」

おもねるような笑みを口元に浮かべて、弘樹が上目遣いに頼んできた。案の定、そういうことだ。

「なんで俺がおまえに金を貸さなきゃいけない？」

まっすぐに弘樹を見つめ返し、征眞は淡々と聞き返した。

「や…、だから……そりゃ」

そんなふうにまともに断られるとは思っていなかったのか、弘樹がおどおどと視線をそらせた。

「遊ぶ金がほしかったら自分で稼げ。俺はそうしてきた。十四の時からな」

「っだよっ！　アンタにとっちゃ端金《はしたがね》だろっ!?」

ぴしゃりと言った征眞に、弘樹がいらだったように叫ぶ。

「返ってこない金を貸す趣味はない。おまえに貸すくらいなら神社の賽銭《さいせん》箱に投げ入れた方が百倍マシだな。まだ御利益《ごりやく》が期待できる」

「偉そうに……っ！　ふざけんなよ！　アンタだってヤクザとつるんで汚いやり方で稼いでんだろうがっ！」

思い通りにならない不満を爆発させるように、弘樹がわめく。

そんな言葉に、征眞はわずかに目をすがめた。

「おまえはヤクザにもなれない中途半端なカスだろうが。さっさと失《う》せろ。目障りだ」

仮にも実の弟に対しての辛辣《しんらつ》な言葉に、弘樹が目を剝《む》くようにして征眞をにらみつけた。

それでも冷然としたままの征眞の表情に、さすがに無理だと悟ったのだろう。

「くそっ！　ふざけんなよっ！」

と吐き捨てるように言うと、肩を怒らせて遠ざかっていく。

不快なことは忘れるようにさっさと歩き出した征眞の背中から、佐古が淡々と事実確認をするように尋ねてきた。

「弟なのか？」

「ああ。面倒なことに、半分だけな」

家族のことなどおたがいに話したことはなかったし、もちろん会ったのも初めてだ。

「似てないいな…」

つぶやくように言われ、ちょっと笑う。確かに、弘樹は父親似だろう。

「いいのか？」

「関わる気はない。相手にするな」

冷ややかに言い切ると、ようやく佐古も征眞の隣に歩調をそろえた。

それ以上、何も聞いてくることはなく、うるさく詮索してこないところも佐古の長所だ。

征眞にとって、実の母も、そして弟も、すでに家族という意識はなかった。家族というのなら、むしろ公春や祐弥や、そして佐古の方がずっと近い距離にいる。

自分を認め、守ってくれる存在を家族と呼ぶのならば。

通りに出てタクシーを拾うと、征眞は先に無造作に乗りこんだ。が、佐古が続いてくる様子がなく、なんだ？　と思ったら、後ろからついてきていた道長と何か話している。

交通量も多く、おい、と声をかけると、ようやく佐古が乗りこんできた。

「どうした？」

何気なく尋ねると、いや、と短く答える。

そのままドアは閉まり、佐古が行き先を告げてタクシーが走り出した。道長はおいていくようだ。

「何か用があったのか？」

「子分を引き連れていくような店でもないからな」

無理に誘ったかな、と思いながら尋ねると、佐古がさらりと答える。

それはそうだ。場末の小さな店なのだ。まだ潰れていないのが不思議なくらいの。

佐古と出会った十五、六の頃はしょっちゅう食べに行っていた。金がない時でも、子供相手に「ツケ」をさせてくれたのだ。取り立てられることもなく、むしろ出世払いという感じだっただろうか。

ただそれは誰にでもというわけではなく、どうやら店主は人を見ていたようだ。

実際に「出世」してからも佐古はそのちんけな店によく通っており、定食一つに万札をおいてきているようだった。オヤジも何も言わずに受けとっているらしく、あの時のツケを払ってもらっている感覚なのだろう。……かなりの利子をつけて。

そろそろ二十年になろうかという、自分たちの歴史だ。

あの時は、自分たちがこういう関係になるとは思ってもいなかった。

いつからだろうか。この男の側《そば》にいる心地よさを意識したのは。

もっともあの頃は、そういう意味で佐古が男を相手にするとは思っていなかったけれど。

どんな状況においても常に冷静で、大きな怪我《けが》をした時でさえ忍耐強く痛みをこらえ、めったに顔色を変えることのない男の表情を読み取るのは難しかった。

自分への好意は感じていた。もちろん。

だがそれがどういう意味なのかが問題だったのだ。

八年前に誘ったのは、なかば酔った勢いだったが、あの状況ならば断られても冗談にまぎらわせられる、という計算があったのかもしれない。

だがあっさりと受け入れられて、かえって不安になった。

そもそも佐古は、セックスに対して求めるものが単に生理的な欲求を満たすこと、あるいは快感だけなのかもしれない。だから相手が誰であっても、さして違いはないんじゃないか——と。

組の重責を担っている男だ。それはそれで無理はないとも思っていた。

だから征眞にしても、気楽な身体だけのつきあいを続けていたのだ。佐古にとっても、組の中で働きが求められる難しい時期だったし、自分の感情をぶつけて煩《わずら》わせたくなかった。真面目に告白などしようものなら、きっと、真剣にいろいろと考えてしまうだろうから。

身体は満足していた。実際、佐古はうまかったし、そして心の方も、身体を合わせるようになってなんとなく伝わってくるものがあった。言葉にしない思いが。

相変わらず強面の無表情ながら、自分のことは常に優先してくれていた。それに優越感を覚えてもいた。

だからそのうちに佐古の方から何かアクションを起こしてくれることを期待していたのだが、どうやらそれは難しそうな気配だった。

ヘタに「カラダの関係」というのが、うまくいきすぎていたのかもしれない。かといって今さら自分から言葉にするのは、何か負けたようでシャクだった。

佐古の目が他に向くことがなければ、身体のつきあいでも満足していたのだが……いや、やはり我慢できなくなったのだろう。

間に合わせだとわかっていても、あの腕に他の女を抱くことが。

独占したくなったのだ。

だからちょっと、姑息《こそく》な手を使った。見合い話が来たのをきっかけにして。佐古がどう動くのか、試すような真似をした。

本当はほんの少し、恐かったのだ。あっさりと手を離されるのではないかと。

それでも思っていた以上に、佐古は自分に執着してくれていたらしい。

安心したし、うれしかった。

だから征眞にしてみれば、相変わらず仕事はいそがしかったが、機嫌はよかったのだ。このところずっと。

ボスの公春には、「なんだかずいぶん絶好調だよねぇ…、征眞は」とぶちぶち言われたくらいだ。

実は征眞は、気分が浮かれるほど仕事がはかどり、下の事務員や後輩弁護士にまわされる仕事量が半端なく増えるのである。いや、不機嫌なら不機嫌なりに集中してやるので、やはりまわりへの要求は厳しくなるのだが。

どうやら公春には、征眞の気持ち、あるいは佐古の気持ちも感づかれていたらしい。

一見、温厚で人当たりもよく、のほほんとした若旦那《わかだんな》面だが――実際、行きつけの「クラブ」《RDC》では「ご隠居」というあだ名のようだ――さすがにヤクザの嫡男として生まれ、「シニアK」と呼ばれてその筋には恐れられる敏腕弁護士だけあって、洞察力は鋭い。そうでなくとも、佐古や征眞を十五の頃から手元で面倒を見てくれた男なのだ。

まあ、征眞としてはバレたところでどうということはないのだが。

公春のように、恋人に溺《おぼ》れて仕事をおろそかにしているわけでもない。佐古だってそうだ。佐古には言わなかったが、なんとか週に一度くらいは部屋に行けるように、征眞も仕事を調整しているのである。

基本会うのは夜だったから、こんなふうに仕事がらみとはいえ、昼間にも会えるのはちょっとうれしい。

「吉田のおっさん、まだ生きてるかな？」

征眞は何気ない様子で言いながら、視線は窓の外へ向けたまま、手だけをそっと反対側に伸ばしてみる。イタズラするみたいに軽く、指の背中で佐古の膝にのっていた手の甲を撫で上げた。

硬く、骨っぽい感触。その大きさ。

「この間、寄った時は元気そうだったな。まだ長生きしそうだ」

淡々とした声が聞こえ、ギュッとその手が握り返される感触に、征眞はそっと微笑んだ――。

◇　　◇

けばけばしいネオン街から奥へ入った路地裏のバーは、「マーレ」という名前だった。

なるほど、と征眞は小さく笑っていたが、どうやらイタリア語で「海」という意味らしく、確かに「魚住」のやる店としてはふさわしいかもしれない。何かの符丁《ふちょう》のようだ。

ようやく佐古が征眞と時間を合わせてその店を訪れたのは、誘われてからひと月ばかり、先日の公判からは二週間ほどたった頃で、征眞の手を煩わせていた事件の判決が出た翌日だった。

予想通り、というか、弁護側の主張が大筋で通り、判決は十日の禁固刑だった。法廷で見せた被害者の心証も相当に悪かったのだろう。

軽く食事をしてから店に入ったのは、夜の八時くらいだ。

小さな店だと魚住が言っていたが、実際にカウンターだけの、十人も入ればいっぱいになるくらいだろうか。常連客だけを相手にするようなバーだ。魚住の経歴からすれば、そのほとんどはキズものではないかという気がするが。

だが、お供を大勢引き連れて飲みに来るような場所ではない。昔の知り合いにしても、本当に気心の知れた人間だけに教えているのだろう。

ドアを開くと、薄暗い中、カウンターの向こうでふっと顔を上げた男が、よう、と言うようにわずかにシャープな表情を緩めた。

魚住だ。四十を過ぎたくらいのはずだが、いくぶん長めの髪を後ろに束ね、やはり自由業だったせいか若く見える。長身でスレンダーな体つき。

バーテンダーのようなしゃれた制服ではなく、ノーネクタイのシャツ一枚で、喉元のボタンも外し

たラフな格好だった。まるで自分の家にいるような、と言えるが、実際に自分の店だ。気どらず好きにやっているのだろう。くわえタバコで無造作にグラスを磨いていて、世の中の禁煙の波もどこ吹く風といった風情だ。

「ご無沙汰《ぶさた》してます、魚住さん」

先に入った征眞が明るい声を上げた。やわらかな、懐かしげな声。

「征眞。ひさしぶりだな」

魚住もタバコを指に挟み、短く返してくる。

そんなやりとりに、カウンターに一人だけすわっていた先客がふっと振り返った。

大柄な後ろ姿で、どこかで見たような…、という気がしていたが、その瞬間、あっ、と思う。

「こりゃ…、名久井の若頭とシニアんとこのハートの女王様か」

相手もこちらを認めて、茶化《ちゃか》すような声を上げた。

生田恭次《いくたきょうじ》。地検の検事だ。公春と大学の同窓だと聞いているので、四十八歳くらいか。敵味方ともライバルとも言える立場で、かなりの辣腕《らつわん》ぶりを発揮している。

しかし見かけは検事というより、それこそヤクザの組長、幹部クラスといった方がふさわしいふてぶてしい面構えの男だった。実際、佐古でも思わず礼をとってしまいそうな貫禄と押しの強さがある。

「生田検事。魚住さんとお知り合いだったんですか？」

いくぶん驚いたように征眞が尋ねた。

検事とヤクザの元幹部が顔見知りでも、まあおかしくはないが、わざわざその店に飲みにくるというのはめずらしいだろう。検事が偶然入りそうな店ではないし、普通なら職務上、誤解を招かないようにあえて避けそうなものだったが……生田なら、気にしないのかもしれない。連戦連勝の、地検のエース。その分、型破りで豪快な男でもある。

「俺としちゃ、起訴し損ねた野郎だよ。うまく逃げられたな」

生田のそんな言い草に、魚住が低く笑った。

「命拾いしたみたいですね」

なるほど、カタギになったあとなら、むしろ生田にしてみれば気安くつきあえる相手なのかもしれない。魚住にしても、さすがに名久井組の若頭と目されていただけに腹の据わった男で、生田としては気に入っていたのだろう。

すわれよ、と機嫌よく生田に招かれ、失礼します、と征眞がその隣に、佐古も軽く黙礼をしてからさらにその隣に腰を下ろした。

「何飲む？　……ああ、おまえ、最初はキールだったな。変わってないのか？」

「ええ、お願いします」

そんな魚住の言葉に、征眞が艶《あで》やかに微笑んでうなずいた。

何年も会っていなかったのは確かだろうが、そんなブランクを感じさせない馴染んだ様子だ。

胸の奥が鈍く痛む。

「佐古、おまえはどうする？」

「あ…、ではビールで」

視線をスライドさせるように聞かれ、佐古は答えた。

カウンター越しにグラスが置かれ、ビールが注がれて、佐古はあわててグラスを手にとった。

「ちょうだいします」

「バカ、おまえが客だろ」

丁重に言った佐古に、魚住が低く笑う。とはいえ、先輩に対する礼儀が抜けるわけではない。

横で征眞もクックッ…と喉を鳴らした。

「すみません、おうかがいするのが遅くなりまして」

一気に半分ほど空けてから、思い出したように佐古は詫《わ》びた。

「いや。だが無理に誘ったんじゃないかと思ってたよ。よかったのか？　俺は名久井には不義理をした人間だからな」

魚住が手慣れた様子でキールを作りながら、そんなふうに言ってくる。

「いえ、そんなことはありませんよ。きっちり筋は通されてますから。例のシマの問題も片はついてますしね」

「あー、あー。俺が聞いていい話か？　片耳しかふさげねぇぞ？」

佐古がそう言ったところで、生田がとぼけた様子で口を挟む。

そういえば、現役の検事が一緒だった。めったな話題は口にできない。

「生田さんは馴染みすぎてますからね。転職されるなら、高給優遇しますよ？」

征眞がおもしろそうに誘った。

「ま、それも楽しそうだが、一度公春の野郎を法廷に這《は》いつくばらせるまでは辞められねぇなぁ」

にやりと笑って生田が返す。

「勘弁してください。本当に生田さんとやり合うのは骨が折れるんですよ」

「けど、公春は俺が相手の時が一番冴《さ》えてんじゃねぇか。憎たらしいことに」

「やっぱり先生も意識してますからねえ…」

そんなやりとりを穏やかな顔で聞きながら、魚住ができあがったキールを静かに征眞の前に置く。

そしてやわらかな眼差しで征眞を見つめて言った。

「おまえも変わりはなさそうだな、征眞」

「ええ、絶好調ですよ」

いただきます、とそのワイングラスに手を伸ばし、征眞が微笑んで答えた。

「あんまりうちの若手をいじめんなよ。三橋《みつはし》がへこんでたぞ」

水割りらしいグラスをとって、横で生田がいくぶんわざとらしいため息ついてみせる。

三橋というのが確か、昨日判決の出た裁判を担当した検事だ。

「若手といっても三橋さん、私より年上でしょう？　そもそも起訴したのが間違いですよ。あんなチンケな事件」

「被害者がうるさく詰めよってきたらしいからな」

生田が肩をすくめる。

「にしても、征眞、おまえの毒舌は公春譲りか？　この間その被害者と場外乱闘をやらかしたらしいじゃねぇか。おまえが一方的にぶちかましてたようだが。聞いてたヤツが心臓が冷えたと言ってたぞ。『俺、あんなこと面と向かって言われたら、人間が恐くなって引きこもりそうです』ってさ」

結審した時のアレか、と聞きながら佐古も思い出す。

まあ確かに、あれは情け容赦ない罵倒だった。人間性を否定する勢いの。

「私は攻撃する相手は選んでますよ。誰にでも言うわけじゃありません。本気でそう思った相手に対してだけです」

「よけい恐いだろ…」

つらっとした顔でうそぶいた征眞に、やれやれ…、と言いたげに生田がため息をつく。

「それに先生は毒舌家じゃないでしょう。むしろ言葉遣いはやわらかだと思いますよ。ただやり方がえげつないだけでね。本当に恐いのはああいう人です」

自分のボスに対しても、辛辣な評価だ。

「手段を選ばねぇってのが公春譲りなんだよなァ…。おキレイな顔でさ。最近は公春がおまえに任せることが多くなってきたから、うちでもおまえの株が急上昇だぜ？」

意味ありげな目で生田が笑う。

「それで地検じゃ、征眞はそう呼ばれてるんですか？　ハートの女王様」

カウンターの中から、おもしろそうに魚住が口を挟んだ。自分の分だろう、グラスを一つ出してウィスキーを注ぎながら。

そういえば、店に入った時に生田がそんなふうに言っていたな、と佐古も思い出す。

「そのココロは……なんとなくわかりますから、あえて聞きませんよ」

ふん、と征眞が鼻を鳴らした。

――ハートの女王様？

佐古にはすぐに意味はわからなかったが、とまどった気配を感じたのか、征眞がふっと振り返って説明してくれた。

「アリスだろう。不思議の国のアリス。『首をちょんぎっておしまい』っていうハートの女王が出てくる」

本や映画にくわしくはなかったが、薄ぼんやりとどこかで聞いたような記憶があって、ああ…、と佐古はうなずいた。

なるほど、横暴な女王様というイメージか。

くるりと生田に向き直って、征眞はツンケンと反論した。

「不当な評価ですね。首をちょん切ろうとしてるのは検察側ですし、私はあんなにめちゃくちゃな裁判をしているわけでもありませんから。法廷は理論と倫理の場ですよ」

「レッドデビルって言ってるヤツもいるぞ？」

にやりと笑って、生田が言った。征眞はそれに首をかしげる。

「……そのココロはわかりませんね。読んで字のごとく、というだけじゃないんでしょう？」

佐古にしてもパッと思いつくのは、サッカーチームでそう呼ばれてるところがあったか？　というくらいだ。

「バラの品種じゃないか？」

軽く腕を組んで、魚住が口を開いた。

「そうそう。華やかで美しいが、トゲだらけの悪魔」

生田が大きくうなずいて解説する。

「バラですか。ま、それでしたら公認してもいいですけどね」

征眞がすました調子で返した。

トゲだらけの自覚はあるらしい。

「伝えとこう」

ことさら重々しく返した生田が、顔を上げて意外そうに魚住に言った。

「おまえ、バラの名前なんかよく知ってたな」

「女が好きだったんですよ。花屋をしてましてね」

「玲奈ちゃんの母親？」

思い出したような征眞の問い。

「ああ。そのせいか玲奈も花が好きみたいだな。よく花屋をのぞきこんでる」

「女の子らしいじゃないですか」

「今度おまえに送ってやるよ。レッドデビルの花束」

生田が口を挟む。

「ありがとうございます。いただいたら玲奈ちゃんにあげますよ」

「おいおい。俺の愛を横流しする気か？」

「生田さんの愛は重そうですからね。お裾《すそ》分けするくらいでちょうどいいんじゃないですか？」

「そぉかぁ？　おまえを満足させるには結構な重量が必要だと思うがなァ…」

「重さだけじゃ飽きるでしょう。遊びならね」

「おっ、出たな。女王様のワガママ」

「やっぱり楽しませてもらわないと」

「征眞のワガママは案外可愛いんだがな」

魚住が小さく笑う。

「魚住さんは大人なんですよ。その点、生田検事はメンタリティが子供ですよね」

「いくつになっても少年の心を失ってないと言ってくれ」

「五十近いんですから、そろそろ落ち着かれた方がよろしいいんじゃないんですか？　まあ、うちの先生もたいがい子供ですけどね」

「祐弥くんといい、おまえといい、公春はオイシイとこを持ってくよなぁ。なんであんな男がいいのかねえ…」

「ようやく祐弥に先生のお守りを任せられるようになりましたからね。そろそろ私も生田さんの胸を借りることがあるかもしれませんよ？」

「おお。胸でも腕枕でも膝枕でも。そのうちじっくりお手合わせ願いたいモンだな。なんなら、場外でも？」

「スリリングでしょうね。法廷でやり合ったあと、ベッドで第二ラウンドですか」

「そそるシチュエーションだなー」

「征眞相手だと寝首をかかれるんじゃないですか？」

「そのドキドキ感がいい。魚住、おまえもこんな場所で枯れてねぇでちっとは遊べよ」

「俺は今、王女様のお世話で手一杯なんですよ」

「魚住さんは子持ちでも魅力的ですよ。なんて言うのかな…、惚れた相手を束縛せずに自由にさせてやる度量がありますよね。そして帰ってきた時にはきちんと受け止めてくれる感じかな。生田さんは精力的に食い散らかしてるイメージですけど」

「そりゃ、偏見だ。俺は誠実な男だぜ？」

「それはあやしいですけど、でも生田さんは危険な火遊びをしたくなるタイプかもしれませんねえ…。それはそれで魅力的ですけどね」

「俺は女王陛下のお眼鏡にかなうかな？」

「お上手そうですよね。いろいろと」

「経験も十分なんでね」

きわどいやりとりに、軽やかな笑い声が上がる。

そんな三人の気のあったふうな会話を聞きながら、佐古は一人口を挟まず、静かにグラスを傾けていた。

「仕事」の話なら、必要があれば普通にできるが、もともと寡黙なタチだ。口がうまいわけでもなく、こんな中ではヘタにしゃべっても浮いてしまうだろう。実際、征眞と二人だけの時でも、ただ征眞の話を聞いていることの方が多い。

話に入れないことが別に苦痛なわけではなく、聞いているだけでも十分に興味深かった。

ただ今は……どこかジリジリとしたあせりのようなものを覚えてしまう。

自分では征眞にこういう楽しませ方はできないな…、と。それを実感させられる。会話で楽しませるようなことは。

しゃれた駆け引きや、気の利いたセリフや。あるいは生田相手だと専門的な話もできるのだろうが――個々の事案はまずいだろうが、一般化した話だ――自分ではそんな相手にもなれない。

年上の、それぞれに自分の道をきっちりと歩いている男二人に引けをとることなく、むしろその会話の中心で、征眞は陽気に明るく、楽しそうだった。生き生きとリラックスして。

知らず、佐古は短い息をついた。

会話の相手としては、自分は征眞にとって本当につまらない男なんだろうな…、と思う。

高校を中退しただけで終わった自分とは、今では学歴も違いすぎる。まともに本を読んだこともなく、花の名前もろくに知らない。話が合うはずもなかった。

それどころかベッドの中でさえも――征眞が喜びそうな言葉一つ、かけることはできないのだ。

自然と口に出るようなスキルはないし、そもそも駆け引きめいた誘い方や、ロマンティックな愛の言葉をささやくようなことは、とても自分の顔には似合わないと自覚している。

やはり征眞にとって自分は、身体だけの相手なのだろう。身体を満足させてやることはできても、望むものすべてを満たしてやることはできない。

もの足りない、と思っているのだろうか。カラダはともかく、気楽に、陽気に飲んで過ごしたい時にはもっと会話を盛り上げられる別の男を求めるのだろうか。あるいはアカデミックな話題を楽しみたいような時には。

生田などが相手なら、どっちも満足させてやれるんじゃないのか――。

ギュッと瞬間、胃が収縮するような痛みを覚えた。

思わず顔をしかめた時、ふいに魚住と目が合う。なぜかちらっと笑われたような気がして、佐古はとっさに目を伏せた。

胸の奥がざわめく。

かつての、征眞の男。嫌いで別れたわけではないのだろう。双方ともに落ち着いた今なら、またやり直すことも難しくはない。

――それを、引きとめられるだろうか？　どんな言葉で？

おそらく今でさえ、自分が魚住に勝てるものはない。そう、カラダでさえ…、本当は魚住との方が相性はよかったのではないかと思う。別れたから仕方なく、佐古で妥協しているだけで。

ピロートークで甘い言葉の一つもかけられないのでは、不満に思っていることも多いのだろう。

考えてみれば、身体の関係ができた八年前から何一つ、自分は進歩していない気がするのだ。

――まずい……。

今さらに冷や汗がにじんできた。

他人の前で、誰よりも征眞の前で弱みを見せるつもりはない。が、思考がどんよりとした重い気分に包まれ、落ちるところまで落ちそうだ。

自分が征眞を手に入れたわけではなかった。征眞が自分を手に入れたのだ。

捨てることは簡単だった。

では、捨てられないために何ができる――？　失わないためには。

うつむいたまま考えこんでしまった時、いきなり佐古の携帯が着信音を立てた。

すみません、と詫びて、内ポケットの携帯を取り出す。表示は道長だった。

「どうした？」

『それが…、なんか妙な感じなんですよ』

耳に当てて低く尋ねた佐古に、電話の向こうからいくぶん切迫したような、困惑したような説明が続く。

黙ってそれを聞いていた佐古だったが、すぐ行く、と一言だけ返した。

「すみません。ちょっとヤボ用ができまして」

携帯をポケットにもどしながら、佐古はスツールから立ち上がった。

「何かあったのか？」

「いや、たいした問題じゃない。おまえは飲んでろ」

わずかに眉をよせて尋ねてきた征眞に、佐古はさらりと答えた。

「働き者だな、名久井の若頭は」

カウンターに肘《ひじ》をつき、生田が感心したような声を上げる。

「いいよ。俺が払っとく」

佐古が財布を取り出そうとしたのを察して、征眞が片手を上げた。

名久井組の若頭ともなると、ふだん誰かに支払いをさせるようなことはないのだが、征眞相手にそういう体面は必要なかった。稼ぎという意味では、今はどちらの方がいいということもなかったが。

「悪いな」

短く言うと、「失礼します、いずれまた」とピシリと頭を下げ、佐古はバーを出た。

征眞を残して——このあと魚住と、あるいは生田と、流れでどうにかなるのかもしれない、と、ちらっと思わないでもなかった。

だが、この場所で自分ができることはなにもない。

征眞の側で、自分にできるのは、結局、敵の多いその身を守ってやることくらいなのだ——。

◇

◇

佐古の大きな身体が消えると、バーのスペースが一気に広くなったように感じた。どこか心許《こころもと》ない。

隣にいるのがあたりまえのような感覚になっているのだろう。

「佐古も気の毒にな…。おまえみたいな男に惚れられて」

ゆっくりと閉じたドアから視線をもどして、魚住が小さく笑うように言った。

そんな昔の男の言い草に、征眞は手元のグラスを空けてじろりと視線を上げる。

征眞が魚住と知り合ったのは名久井組に拾われた当初だったが、関係ができたのは大学を受験する前くらいだった。

初めての男——だ。女とは、もちろん経験はあったが。少し年上の風俗で働くお姉さんたちに教えてもらい、おたがい楽しく遊んでいた、という感じだろうか。

男がイケるんだろうか？　と。いや、むしろ男の方がイイんだろうか、と思い始めたのがいつだったのか。

多分…、佐古を意識し始めた時なのだろう。

それまで、征眞にはまともな恋愛経験はなかった。いや、今も、なのかもしれないが。

幼い頃に父を亡くし、ホステスをしていた母は男出入りが激しくて、中には客をとらせようと征眞に目をつけてくるような男もいた。そのせいか、征眞は常に近づいてくる人間を警戒するようになっていた。義父のことは、それにさらに拍車をかけた。

あの時——初めて佐古と会った時。おそらく征眞にとって佐古は、何の打算もなく征眞に手を伸ばした、初めての男だったのだ。

それが新鮮でもあり、うれしくもあり、驚きでもあり……そしてなぜかちょっと、むかっとすることでもあった。あの当時ですでに、征眞は自分の容姿についての自覚はあったから。

実際に佐古は、それまで会ったことのないタイプの男だった。どんな相手に対しても小ずるく立ち回ったり、卑屈になったり、あるいは尊大になったりすることはなく、常にまっすぐに正面から向き合っていた。

バカ正直とも言えるのだろうが、しかし頭はいい男だと思った。勉強ができるという意味ではなく。あるいは、本能なのだろうか。兄貴分がだまして何かさせようとした時や、理不尽な要求があったような時には、それに逆らうわけではなく、その要求を超えた仕事で相手を黙らせていた。

征眞のように、誰かにだまされないように、と気を張るわけでなく、いつも自然体でいるせいか、佐古が側にいると征眞も気持ちが落ち着いた。

誰かに「惚れる」という感覚がどういうものか、征眞にはわからなかったが、この男とはずっと一緒にいたいと思った。側にいたら心地いいだろうな…、と。

しかしおたがいに女を知るようになって。いつだったか、相手が重なったことがあった。

女にしてみれば、カワイイ年下の男の子二人と遊んでやっている、というくらいの感覚だったのだろうが。

どんなふうに佐古がこの女を抱いたんだろう…？　と。それを想像し、佐古に抱かれる自分を夢想した。

抱かれたいと思った。それを自覚した。

ただ当時はそれをまともにぶつける勇気はなかった。佐古は女にもモテていたようだし、それに満足していたようだったから。男を相手にする必要はなく、またその傾向もないように思えた。見るからに硬派な男だ。

同い年だったせいもあり、出会ってからずっと一緒につるんでいたが、そのうちに征眞は大学進学を目指すことになり、佐古の方は本家の部屋住みをしながら組の方で本格的に使い走りなどするようになって、否応《いやおう》なく距離ができ始めていた。

そんなどこかぽっかりと空いた心の隙間《すきま》と、受験勉強のストレスと。

いつになく落ち着かなくなっていた征眞の様子に気づいたのが、魚住だった。

男の方がいいのかも、という青少年の悩みを受け止め、試してみるか？　と受け入れてくれた。魚住は経験があったのだろう。

十歳も年上だったせいか、包容力があり、一緒にいるのは楽だった。セックスもうまく、抱かれるのは心地よかった。

愛してやるより、愛される方が性に合っている——と思った。

遅かれ早かれ佐古にその関係が知られることは予想できたが、……佐古がどんな反応を示すのかを一つの目安にするつもりだった。

もっとも例のごとく、佐古があからさまに感情を表に出すことはなかったが。

ただあえて避けるようなこともなく、征眞に対してもそれまでと変わらない接し方だった。

征眞の相手に感心がないということなら淋《さび》しくもあり、幹部の「情人」ということになった征眞をことさら特別な目で見ることもなかったのは、うれしくもあり——という複雑な感じだっただろうか。

結局、大学へ入学してから次は司法試験へ向けての勉強に追われ、征眞が寮に入ったこともあって少しずつ魚住のもとを訪れる回数は減って、自然と別れる形になった。

とはいえ、もともとの関係が壊れたわけではなく、時折電話をしたり食事に行くような、いい先輩後輩の関係というところだ。

そんなつきあいの中で、魚住は征眞の気持ちを察していたのだろう。さすがに肌を合わせていると、微妙な感情も伝わってしまう。何気なくもらした一言や、表情や。

特に名前を出して相談したことなどはなかったが、まあ、じっくりいけよ、とアドバイスのようなものをもらった気がする。

佐古との身体の関係ができた時、ことさら報告したわけではなかったが、まだ魚住が組にいた時分だったから耳にしていたはずだ。

内心でにやにやしてたんだろうな…、と思うと、ちょっと居心地が悪い。まあ、そんなことをわざわざ口にするほど、魚住は子供ではないが。

魚住とは恋愛ではなかった。信頼はあったにせよ。

だから佐古は、征眞にとっては唯一の、特別な男だった。

見合いの話が出た時、あの男が柄にもなく、つまらない策を弄《ろう》してきたのには笑ったが、それもうれしかった。

今の関係に、佐古も満足しているはずだ。もちろん、不満だなどと言わせるつもりはない。

佐古の誕生日だって……ちゃんと覚えていたから、去年のあの時も本当は、佐古にスーツを買うための口実として、わざわざ杉浦《すぎうら》のところに同行させたのだ。

佐古がセッティングした征眞の誕生日デートにしても、相当にベタではあったが、やっぱりうれしかった。……邪魔をしてくれた公春には一週間ばかりの嫌み攻撃と、恋人の祐弥を三日間の出張に出すという制裁を加えてやったくらいだ。

だから魚住の言葉は、まったくの言いがかりというものだ。

「なんで気の毒なんですか。佐古は十分幸せだと思いますけどね」

征眞は二杯目のジンライムを頼んでから、むっつりと反論した。

「振りまわされてるだろ？」

「そんなことないですよ」

「腹に穴があいたって聞いたぞ？」

さらりと言われて、うっ…と言葉に詰まる。それを出されると、ちょっと反論しにくい。

それでも平静な顔で言い返した。

「大げさですよ。撃たれたわけじゃないですし、穴ってほどじゃないでしょう。ちょっとひっかいたくらいですから」

「五針縫って、ひっかいたくらいいねぇ…」

カクテルのグラスをカウンター越しに置きながら、にやにやといかにもな調子で魚住が口にする。

征眞はちろっと横目に尋ねた。

「誰です？　そんなことをチクったのは」

佐古本人が口にするはずはない。

「言わねぇよ。おまえにいびられると気の毒だ」

流されて、チッ、と舌打ちする。

「なんだ。そういう関係なのか？　出遅れたなー」

その気もないくせに、生田がおもしろそうに横から口を挟んできた。

「なんでしたら、浮気してみますか？　生田さん」

征眞はわずかに誘うように肩口に顔を近づけてみる。

「いやぁ、そそられる提案だが、本気で怒らせると恐そうだからな、名久井の若頭は」

生田が指先で顎《あご》をかいた。

「何にも言わないと思いますけどね、佐古は」

ふん、と鼻を鳴らして征眞は言った。

あの時――「欲しい」と言われた時には、体中が沸き立つような感動があった。

だがいかんせん、ふだんが淡泊すぎる。いやまあ、ベッドではかなり濃厚なのだが。

まったく、あきれるくらい思っていることが顔に出ない男なのだ。そして口に出すこともない。

「俺が浮気しても、あいつ、顔色一つ変えない気がするんですよね…」

なんとなくため息をついて口にした征眞に、魚住が片頬で笑うように言った。

「心配するようなことでもないだろ。あいつだって昔から、おまえのことは特別だったし」

「そりゃあまあ…、ある意味ではね」

おたがい、十四、五の時にヤクザの世界に飛びこんだのだ。右も左もわからない特殊な環境の中で、数少ないタメで、協調も共感もする。あるいは「恋人」以上に特別な感情があってもおかしくはない。

「戦友」に近い感覚なのかもしれない。同じ場所から這い上がってきた、という。

だから佐古が自分を大事にしてくれるのは、そういう思いがあるのかもしれなかった。そうでなくとも、今の自分は名久井組にとって大事にしてもらわなければならない立場になっているのだ。

「顔色が変わらねぇからって、内心で何も感じてないわけじゃねぇだろ」

同じの、と生田が空けたグラスをカウンター越しに突き出してから言った。

「それはそうですけどね」

征眞はグラスの縁を指で摘《つま》み上げるようにしながら、軽く肩をすくめた。

わかっている。ただ時々、もの足りない気がするのだ。あまりに佐古が動じなさすぎて。

何というか、いまいち踏みこみも浅いというのか。俺をどう思ってるんだっ⁉　と首根っこをひっつかまえて問いただしたい気になる。

「なんか、つまんないんですよねー。もうちょっとこう…、あせってほしいっていうか、独占欲を見せてほしいっていうか」

んあ？　と生田があきれたように口を開ける。

「ひでぇ言い草だな…。命がけで守ってもらえるだけじゃ満足できねぇってか」

「なるほど？　妬《や》かせたかったのか」

ああ…、というように、魚住が水割りのグラスを生田の前に置きながらうなずいた。

「佐古の前でずいぶん生田さんを挑発するな、と思っていたが」

「やっぱりドSだな…、おまえ」

なかば利用された立場の生田が低くうなる。

征眞は強めの酒を喉に落としてひっそりと笑った。

「あいつが意識するとしたら魚住さんでしょうけどね」

憎たらしく、表情を変えることはなかったけれど。

だからこそ、いじめてみたい。あせった顔が見たい。焦《じ》れてほしい。

「まぁ、俺とは恋愛ごっこだったもんな」

魚住があっさりと流した。

「感謝してますよ、魚住さんには」

あの時期、助けてもらったのは確かだ。精神的にも。

おかげで受験も乗り切れた気がする。

「佐古は…、確かにあいつ、昔から考えてることが顔に出ないからなぁ…。あれだけ強面なら、普通の顔してるだけで無言の脅しだ。まあ、冷静沈着なのは、ヤクザの幹部としては重みがあって悪いことじゃないけどな」

「三十二…、三か？　それであの落ち着きと貫禄はなかなか醸し出せねぇよ。黙ってるだけで下をビビらせんのもだが、上の連中にも説得力があんだろ」

生田がタバコに火をつけながら感心したように言ったのに、魚住がつけ足す。

「征眞のその図太さも大したもんだけどな」

「褒《ほ》め言葉と受けとっておきます」

征眞はすまして返した。

「ヤクザならもうちょっと感情を出す方が下はついてくる気もするが、……あぁ、まあ匡来が熱い方だからな。佐古はあのくらいどっしりしてていいんだろうなァ…」

生田がうなりながらそんな分析をする。そしてふと、イタズラっぽい目を向けてきた。

「……で、あいつはベッドの中もつまらないのか？」

「まさか」

征眞はきっぱりと言った。自分の男の名誉を守るためでもある。

「うまいですよ。そっちに不満だったことはありませんからね」

「のろけてんなァ…」

生田が苦笑する。

「俺も可愛がってやったつもりだけどな？」

腕を組んで、魚住がからかうように口にした。

「魚住さんは結局、玲奈ちゃんが一番でしょう？　俺は一番じゃないと我慢できませんからね」

「ゼイタクだな」

「当然でしょう」

言い切った征眞に、二人が顔を見合わせる。

「ま、佐古くらい忍耐がなきゃ、おまえにはつきあえねぇのかもなァ…」

ちょっとため息混じりに言った生田の言葉が、妙にうれしかった。

自分だけの男——なのだ。

◇　　◇

道長の電話を受けた佐古がタクシーで向かった先は、征眞のマンションだった。

まったく訪れたことがないわけではなかったが、おそらく征眞がここに越してきてからの五年ほどで、ほんの二、三回だろうか。

閑静な高級住宅街の中にあるさほど大きくはないマンションだが、メゾネットタイプで外国人向けに広めの間取りになっていた。賃貸で、月に五、六十万ほどだと聞いた気がする。

建物の一階が共用の玄関やロビー、二、三階が部屋になる。全部で四世帯ほどしか入っていないはずだ。

佐古はそこから五十メートルほど手前で降りると、何気ない様子でマンションへ向かって歩いていった。

時間は夜の十時過ぎ。

さすがにネオン街とは違って、人通りはほとんどない。

と、ふいに目の前に黒い影が現れた。

一瞬、身構えたが、「頭」と呼んだ声で相手がわかる。道長だ。

「どうだ？」

佐古は短く状況を尋ねた。

「それが…、やっぱり征眞さんのマンションに入っていったんですが」

道長が難しい顔で答える。

実は佐古は、二週間前の公判のあとから、道長に征眞の弟――弘樹という名前だったか――を見張らせていた。というのも、あの時、タクシーに乗りこむ寸前、ちらっと視界の隅に入った光景が気になったからだ。

征眞に金を借りることができず、アテが外れて不機嫌に帰って行く弘樹の後ろから、追いかけていった武森が声をかけていた。

おたがいに顔見知りのはずはなく、妙に嫌な予感がしたのだ。

おそらく武森は、裁判所の前でやり合っていた征眞たちの様子をどこからか見ていたのだろう。何か目的があって、弘樹に近づいたはずだ。

そしてどうやらこの二週間で数回、弘樹は武森と接触したらしい。喫茶店やファミレスのようなところで会って何か話しているところを、道長や他の舎弟たちが報告してきていた。

話の内容まではわからなかったが、何か相談しているようだ、と。

征眞には相当にやりこめられた武森のことだ。恨んでいないはずもなく、そんな男がわざわざ征眞の弟に声をかけたからには、何か征眞に関わることとしか考えられない。

さらに昨日は、その武森の仲介で弘樹は別の男に引き合わされたようだ。ラフな格好の自由業風の男で、そのあと三人はカラオケボックスに入ったらしい。

まさか本当に三人で仲良くカラオケを楽しんだわけでもないだろうが、一時間ほどで出てきたと聞いている。不気味な動きだった。

そのまま様子を探らせていたら、今夜再び弘樹が動き出した。どうやら征眞のマンションの方へ向かったということで、こんなふうに夜に動いたことはこの二週間でなく、いよいよ何かやらかしそうだ、と道長が連絡を入れてきたのだ。

実際、何をする気なのかはわからなかったが——。

「あいつは征眞の部屋の鍵《かぎ》を持ってるのか？」

歩きながら、佐古は低く尋ねた。

あの様子では渡していそうな気はしなかったが、曲がりなりにも実の弟だということを考えれば、なんとか管理人にかけ合って中へ入れてもらえる可能性がないわけではない。

単純に考えれば、征眞の留守を狙《ねら》って部屋へ入り、金でも盗むつもりか？　とも思えるが。

「いえ、それがどうやら部屋へ入るつもりじゃないみたいなんですよ。駐車場のあたりをうろうろしてまして」

「駐車場？」

小さな声で言った道長に、佐古は怪訝《けげん》に聞き返した。

「ええ。征眞さんの車を探してましたよ。盗むつもりでしょうかね？　今、タカが見張ってますが」

「簡単に盗める車じゃないと思うが」

佐古はわずかに眉をよせる。

征眞の車はイモビライザーシステムを搭載した高級車だ。車専門のプロの窃盗犯でもなければ、なかなか手に負えるものではない。

「あ、こっちから入れます」

マンションの敷地に入る正面の門ではなく、道長が別のルートを案内した。裏門らしい小さな通用口からめぐらした塀の中へ入り、レンガ張りの通路を突っ切って、薄暗い建物の下へ向かう。

一階部分の半分が居住者の駐車スペースとして確保されているようだ。八台ほどが停《と》められるようになっていた。

奥の方には光がもれているガラスドアがあって、そこからも直接、建物の中へ入れるようになっているのだろう。このクラスのマンションだとそれほどセキュリティが甘くもないので、当然施錠はされているはずだ。

「そういや、武森ですけど。江田島《えたじま》組の金光《かねみつ》って男がケツ持ちしてるみたいですよ」

思い出したように、道長が報告した。

征眞が気にしていたようだったので、武森のバックも調べさせていたのだ。

「江田島組か…」

わずかに眉をよせ、佐古は小さくつぶやいた。

繁華街でシマが隣接していることもあり、抗争まではいかないが、名久井組とはちょいちょいやり合うところだ。

ちょっとした嫌がらせか仕返しのつもりで、名久井の系列からの借金返済でごねさせ、けしかけて裁判をさせたのかもしれない。

「それで思い出したんですけど。昨日あのガキと武森と一緒にいた男、どっかで顔を見たことがあると思ったんですけど、確かフリーのルポライターですよ。江田島の息のかかった男です。ろくな記事は書いてませんけどね」

「ルポライター？」

さすがに佐古は首をひねった。

いったい何を書かせようというんだろうか？　負けた裁判の自分の正当性を、あらためて訴えるつもりなのか。

だがそこに弘樹が関わる理由がわからない。

「あ…、頭」

と、建物の陰から中をのぞきこんでいた若者が、こちらに気づいて声を上げた。タカだ。

それに、しっ、と道長が合図し、タカがあっというように首を縮める。

タカたち下っ端の若い連中は、事務所や佐古の部屋に出入りする時にはジャージ姿が多いが、さすがにこんな住宅街ではヘンに目立つと道長が察したのだろう。配達員のユニフォームような、地味な上下に着替えている。

「いるのか？」

「はい」

吐息だけで短く尋ねた道長に、タカが緊張した声を返した。

「どんな様子だ？」

「それが…、さっきからなんかやってんですけど、何やってんのかわかんないんですよね…。ヘタに近づけねぇし」

恐縮したようにおどおどとタカが返してくる。

佐古もわずかに身を乗り出して、中を確認した。

奥から二台目が征眞の車のようだ。見覚えがある。仕事用なので、落ち着いたシルバーのセダンタイプだ。

ドアを開きっぱなしで、黒い影がその車の中で何かゴソゴソと動いているのがわかる。

佐古はわずかに顔をしかめた。

どうやら簡単に車のドアは開けられているらしい。が、盗むつもりにしては妙に手間取っているし、運転していくつもりならドアは閉めているだろう。

「あいつ一人か？」

影に目を止めたまま、佐古は尋ねた。

「ええ。誰かと一緒だった様子はありません。念のためにあと二、三人、マンションのまわりを見張らせてますけど」

道長が的確に答える。

「わかった。ここにいろ」

短く言い置くと、佐古はゆっくりと男に近づいていった。

夜もかなり遅い。マンションの住人たちもほとんど帰宅しているのだろう、外来以外のスペースは埋まっており、人の気配もない。

男は近づいていく佐古に気づかないまま、何か車の中をかきまわしていた。中に乗っているのではなく、外に出たまま身体を車につっこむようにして、ダッシュボードや、小さな灰皿を引っ張り出している。

さらにしゃがみこんで、車の中に手を伸ばし、助手席のシートを動かしているようだった。

ジーンズに黒っぽいブルゾン、そして帽子をかぶっていたが、背格好は確かに、弘樹という征眞の弟のようだ。

佐古は男の背中から、しばらくその様子を眺めていた。

やがて「よし…っ」と満足したように男がつぶやく。車の中を元の状態にもどし、はめていた手袋を引き抜いてブルゾンのポケットにつっこんで、立ち上がったタイミングだった。

「何をしている？」

低く声をかける。

ヒッ、と息を呑《の》む音が聞こえ、ビクッ、と男の背中が震えた。硬直した身体が次の瞬間、バッ、と振り返る。

弘樹だ。まともに佐古と目が合って、驚愕《きょうがく》に顔が引きつった。

「なっ…なっ…なん…っ、なんだよっ!?　アンタ…、兄貴と一緒にいた……？　なっ、なんでアンタがここに……っ？」

「俺じゃなくておまえがいる理由が聞きたいが？」

狼狽《ろうばい》しきった男にかまわず、佐古は淡々と尋ねた。

「べっ…別に……。あ…、あ、あ、兄貴に会いに来ただけだろっ」

口の中でもごもご答えながらも、男の視線はちらっと車の中に泳いだ。

「道長！」

男から視線を外さないまま佐古が声を上げると、弾《はじ》かれたような勢いで道長が走り寄ってくる。

「中、調べろ」

「はい」

短く答えて、道長が男を押しのけるようにして車の中に入った。

「おいっ、よせっ！　――何する気だっ！」

あせって弘樹がその背中を引きずり出そうとしたのを、佐古が肩をつかんで力ずくで引き剝がした。

その勢いのまま、身体を隣の車のボンネットに押さえこむ。

「か、頭…っ」

「こいつを押さえてろ」

タカも緊張した顔でおそるおそる近づいてきて、佐古はそっちに弘樹を預ける。

「――くそっ、おとなしくしてろっ、おらっ！」

佐古の手が離れた瞬間、とっさに走り出そうとした男をあわてて引きずりもどし、タカが羽交い締めするようにして弘樹を押さえつけた。

「シートの下も確かめてみろ」

そちらをちらっと横目にしてから、佐古は道長に指示する。

どうやら、弘樹に車を盗むつもりはなかったようだ。

――だとすると。

「あ…、なんかありますね」

レンガ張りになった地面へ膝をついて、シートの下に思いきり手をつっこんでいた道長が、何か小さな箱のようなものを引っ張り出した。

安っぽい白いプラスチックケースだ。

ちらっと弘樹を横目にすると、すでに顔色を失い、あわてて視線をそらす。

「開けてみろ」

はい、と無造作にそれを開いた道長が、大きく目を見開いた。

「頭…っ、これ……」

奥のドアからもれる光だけの薄暗い中でそれを確認して、佐古も思わず目をすがめた。

タバコのようなものが数本、入っていた。しかしラベルやフィルターもなく、荒く手巻きされたような造りだ。

一本手にとって軽く匂《にお》いを嗅《か》ぐ。

間違いない。マリファナだ。

佐古は小さく息を吸いこんだ。ギュッと無意識に手を握りしめる。

つまり弘樹は車を盗みにきたのではなく、これを仕込みにきたのだ。

そういえばつい先日、征眞はこの車を車検に出していたと言っていた。このタイプの車だと正規のキーでなければエンジンをかけることはできないが、ドアを開くためのキーだけなら、なんとかコピーしたのかもしれない。

ただそんなことをさせるだけのツテが、ど素人の弘樹にあるとは思えなかった。

おそらくは武森か。いや、そのバックにいる江田島組と言うべきだろうか。どこまで関与しているのかはわからないが。

「どういうつもりだ？」

佐古はゆっくりと弘樹に向き直り、静かに尋ねた。身体の内に湧き上がる怒りをなんとか押し殺すようにして。

「な……何がだよ……？」

しかしガクガクと震えながらも、弘樹は必死にとぼけようとした。

佐古は無言のまま男に近づくと、手を伸ばして無造作に男の髪をつかみ、引きずりよせた勢いのままで、ゴン！　と征眞の車のボンネットに男の頭をたたきつけた。手加減なく、悲鳴が上がるのもかまわず二、三回、続けると、再び顔を上げさせた。

「やっ、やめろっ！　もう…っ、やめてくれっ！　た…頼まれたんだよぉっ！」

ダラダラと流れ出した鼻血に汚れた顔で、たわいもなく弘樹が泣きながらわめいた。

「武森にか？」

「そ、そうだよっ」

確認すると、ガクガクと何度もうなずく。

「あ…、あいつ、兄さんに仕返ししたいからって！　それ、車の中に隠したら金くれるっていうからさっ」

それで頃合いを見て、警察にでもタレこむつもりだったのだろう。

弁護士が大麻所持の現行犯で逮捕でもされれば、結構なニュースになる。征眞が否定したところで、ヤクザのお抱え弁護士だということは知られているわけで、無実の証明はかなり困難になっただろう。

そうでなくとも、警察、検察にとっては煮え湯を飲まされている相手だ。

有罪なら征眞のキャリアも終わる、というわけだった。

「コレは武森にもらったのか？」

「ああ…。もしうまく兄貴の部屋に上がりこめたら、そっちにも隠しとけって……」

あきらめたようなそんな自白に、佐古は視線だけで道長に指示した。

道長が弘樹の身体を乱暴にあらため、ポケットから小さなビニール袋に入った乾いた葉っぱを見つけ出すと、さっきのタバコが入っていたケースに放りこんだ。

それにしても、実の弟が兄をハメようという根性にあきれる。武森の仕返しと言っていたが、弘樹自身、征眞にやり返したかったのかもしれない。

このバカもだが、武森の方も見過ごすことはできなかった。

「武森のところに連れていってもらおうか」

「そんな…っ」

淡々と言った佐古に、弘樹があせったような声を上げた。

「金をもらう約束なんじゃないのか？」

「そ、それは……」

弘樹の目がさらに落ち着きなく漂う。

と、その時、携帯が着信音を立てた。佐古のではない。道長の携帯のようだ。

「──どうした？」

低く応《こた》えた道長の眼差しがふっと上がった。そして携帯をいったん下ろして、佐古に告げる。

「武森のヤツ、そこまで来てるみたいですよ。首尾を確かめに来たんですかね。どうしますか、って聞いてきてますが？」

「連れて来い」

佐古は短く命じた。

手間が省けたようだった。あの男にしては気が利いている。

やがて見覚えのある男が二人の若い男に両脇から引きずられるようにして、やはり裏口の方から入ってきた。

多少、もみ合ったのだろう。髪や胸元が乱れ、こんな夜更けの住宅街でわめき散らさないようにか、口の中にはハンカチが詰めこまれている。佐古の前まで乱暴に連れ出され、さすがに顔色をなくしていた。佐古が顎で指示すると、ようやく口からハンカチが取り出される。

武森は、鼻血に汚れた顔でおどおどと身を縮め、しょげかえっている弘樹を横目に、状況は察したのだろう。

「くそ…っ、使えねぇ野郎だなっ！」

大きく息を吸いこんでから、忌々《いまいま》しげに吐き出した。

「つまらない小細工をしたもんだな。江田島の人間に頼まれたのか？」

佐古の言葉に、武森がピクッと頬を引きつらせる。

「関係ねぇよっ！　な…なんだよ、江田島ってのは…っ」

「あのマリファナは江田島から出たモンじゃないのか？」

「知らねぇな！　そこのガキが持ってたんだろ？　あの弁護士さんの弟がよ！」

強がるようにせせら笑い、武森がうそぶいた。

「おまえが仕込ませようとしたんだろうが」

眉をひそめ、それでも佐古は静かに問いただす。

「覚えがねぇなぁ……。ま、ヤクザお抱えの汚い弁護士だ。警察だって喜んで飛びつくネタだぜ？

——ぐぁ…っ！」

にやにやと笑って武森がとぼけた次の瞬間、佐古は容赦なく裏拳で男の顎を殴りつけた。

武森の両脇を押さえこんでいた舎弟二人が、飛ばされかけた男の身体をあわてて引きもどす。

実際のところ、佐古が声を荒げたり、暴力沙汰に出たりすることはめったになかった。生来の強面のおかげか、たいてい口で言うだけでことはすむのだ。

「てめぇ…、このままですむと思うなよ！　訴えてやるからなっ！」

それでも武森がギラギラとした目で佐古をにらみ上げる。

「ほう？　何をだ？」

無表情なままに尋ねた佐古に、男が挑発するようににやりと笑った。

「てめぇの暴力とあの弁護士の薬物使用だよ！　こっちは実の弟の証言もとってんだしな！」

「弟の証言だと？」

佐古がちらっと弘樹に目をやると、弘樹はあせったように顔を背けた。ぶるぶると首をふったが、顔色は真っ青だ。

「ああ…、兄貴の薬物依存についてのな。麻薬をやってる現場の目撃談とか？　プライベートでのご乱交とか？　近いうち雑誌に載って世間にさらされるだろうよ。センセーショナルな記事になるだろうぜ。なにせ、弟が兄貴を告発するんだからな！」

勝ち誇ったように武森が叫ぶ。

あっ、と道長が短い声を上げた。

「昨日の…！」

道長の言っていたルポライターだろう。つまり昨日のカラオケボックスでは、その「インタビュー」をしたらしい。

……もちろん、まともな取材のはずもなく、どんなエピソードをでっち上げるかの相談といったところだろうが。

ただ実の弟の証言となると、ある程度の信憑性《しんぴょうせい》は出てしまう。少なくとも世間的には。ヤクザ御用達の弁護士というのも、もちろんマイナスだろう。

「ふざけるな。こんなちゃちな茶番でどうにかできると思ってるのか？」

そっと唇をなめ、強いて冷静に佐古は言った。淡々とした声は、怒鳴りつけるよりも腹が冷えるような凄《すご》みがある。

この男の書いた筋書きで言えば、おそらく警察に征眞の「薬物使用」を匿名でたれこみ、大麻所持の現行犯で逮捕されたのがニュースになったところで雑誌で畳みかける、というところだろう。

あとで容疑が晴れたとしても、いったん大きく報じられれば弁護士としての征眞の信用は大きく落ちる。

だがその当初のもくろみはすでに崩れている。――はずだ。

しかし男は憎々しげな目で佐古をにらんで、にやりと笑った。

「あいにく、いろいろとアレンジは考えてるんでね。たとえば…、そうだな。そのガキは自分の家にも大麻を隠し持ってる。捜査が入れば一発でアウトだ。実の弟が犯罪者だってのも、刑事弁護士にとっちゃあかなり大きなダメージだよなぁ？　自分の弟が犯罪者じゃ、他人の面倒を見てる場合じゃねぇしな」

「そ、そんな…！　あれはっ！　あんたが持ってりゃ、高く売れるって言うから……！」

あせったように弘樹が声を上げた。

チッ…、と思わず佐古は舌を弾く。どうやら持っていることは間違いないらしい。

「兄貴に勧められて麻薬に手を出しました。つながってるヤクザからもらったもんです、って告白文を載せてもいいかもなぁ…。兄貴は絶対に捕まらないって言ってました、とかな。そいつが逮捕されたあとなら、案外、いいネタだろうぜ？」

「そんなこと言ってないだろっ！」

泣きそうな顔で弘樹がわめく。

「確かにこの通り話しました、ってその男の署名捺印《なついん》はとってんだよ。……内容がどうであれな」

意に介さず、男がせせら笑った。

「このバカが…！」

思わずと言うように、道長が弘樹の頭の上から吐き捨てる。

「さあ、どうするんだ？　若頭。どっちにしろ、そのガキはムショ行きだな。未成年でもねぇし？　新聞にきっちり名前は載る。大麻の出所が兄貴だってのは、世間様も信用するんじゃねぇかなぁ？

黒い噂も噴き出してくるだろうぜ。あの弁護士の汚いやり口もなっ」

佐古は口をつぐんだまま、じっと男をにらみつける。

確かに、弘樹が麻薬所持で逮捕されたとしたら、征眞も面倒なことになるのだろう。さらに世間的に名久井組との関係を大きく取り沙汰されるようなことになれば、うすうすわかってつきあっている今の顧客たちにしても考え直さなければならなくなる。事務所にとっても大きな影響が出るはずだ。

黙りこんだ佐古に勢いを得たように、離せよっ、と武森が強気に両脇をつかんでいた舎弟たちの手を振り払った。

そして肩をまわすようにしながら、にやにやと笑う。

「なんなら、名久井組の若頭がこの場で土下座でもしてあやまってみるか？　それなら少しは考えてやってもいいけどな？」

「きさま……！」

道長が気色ばんだ。

佐古はそっと息を吸いこんでから、変わらず感情の失せた口調で言った。

「やってみろ。その記事が出た時、おまえが生きて見られればいいがな」

征眞の前でなら、いくらでも土下座くらいできる。だが征眞のために、であっても、他の人間の前で自分が土下座をするのは征眞が許さないだろう。あの誇り高い男なら。

自分は征眞のモノだ。

無様な姿をさらすことはできなかった。

「な……」

瞬間、武森が声を失い、にやけた顔が強ばった。

「その記事を書いた男も、そこのバカもな」

軽く顎でさされて、ヒッ…、と弘樹が息を呑む。

「アンタ…、それは引き替えにするものが多すぎるんじゃないのか……？」

いくぶんかすれた声で武森がうめいた。

「征眞を傷つけるつもりなら、そのくらいの覚悟はつけろよ。俺を相手に命がけでケンカすることになるんだからな」

低く言うと、佐古は一歩、男へ近づいた。

反射的に、どこか怯《おび》えたように、男が一歩あと退《ずさ》る。

本気だと――肌で感じるのだろう。

わずかに唇を開いたが言葉にならず、ただ小さく震え始める。

ゆっくりと腕を伸ばした佐古は男の肩をたたくように手を置き、次の瞬間、腹へ膝をめりこませた。

ギュウッ、と何かが潰れるような声がもれて、武森が地面へ膝をつく。佐古はさらに男の髪をつかみ上げると、顎にも膝蹴りを食らわせた。

男の身体が背中から地面に吹っ飛ぶ。歯が折れたようで、だらだらと血が溢《あふ》れ出す。

その男を頭上から見下ろし、佐古は静かに言った。

「訴えたきゃ訴えてみろ。俺には優秀な弁護士がついてるんでな」

「きさま……！」

額に冷や汗をにじませながら、武森は佐古から視線をそらすことができないように、大きく目を見開いた。息が荒い。

――と、その時だった。

「人の家の玄関先でこんな時間、ずいぶんな騒ぎだな」

聞き慣れた冷ややかな声。

ハッと振り返ると、駐車場へ入る入り口あたりに黒い影が立っていた。

顔は見えない。だが声は――覚えがあった。

うぐっ、と呼吸が苦しくなったように、タカが声を詰まらせる。道長も頬を引きつらせ、他の二人も反射的に身体が伸びた。

凍りついた空気の中、軽い靴音を立てて征眞がゆっくりと近づいてくる。黒い影が次第に薄くなり、ぼんやりとした明かりの中ではっきりとした輪郭をとる。

この時間だと魚住のバーからそのまま帰宅したようだ。思いの外《ほか》、早かった。あの盛り上がり方なら、早くても日付が変わるくらいまでは飲んでいるだろうと思っていたのだが。

あるいは……そこから別の場所へ流れる可能性も。

場所を変えるべきだった。判断ミスだ。

征眞はちろっと冷ややかな目で佐古を眺め、そして完璧に感情のない目で弟を眺め、汚いモノを見るような目で武森を眺めた。

いつからいたのか。どこから聞いていたのか。

道長の持っていたプラスチックケースの中身を検分するような調子で見て、だいたいの流れは察したのかもしれない。自分の弟が何をしようとしていたのかも。

ようやくボロボロの上体を引き起こした武森を見下ろし、征眞は恐いほどに明るい口調で言った。

「弘樹のバカですけど、……いいですよ。自由にしてもらって。なんなら俺がこのまま警察に突き出してやってもいい」

「なんだと……？」

そんな言葉に、武森が大きく目を見張った。歯が折れたせいか、空気が抜けるような耳障りな声だ。

「兄貴…っ！」

あせったように響いた背後からの悲鳴も無視する。

「俺はね、身内の不始末くらいで潰されるような仕事はしてないんですよ、武森さん。それに自分の弟を更正させるためにあえて自首させたとなると、世間様にはより清廉潔白なイメージをつけてもらえるんじゃないですかね？」

にっこりと笑って言った征眞の言葉に、武森がピクッと青筋を立てている。緊張なのか、恐れなのか、怒りなのか。

片手で口元から流れる血を拭いながら、何も言い返せないままに征眞を見つめる。

「あのバカはともかく、あなたのことは若頭の手を煩わせるまでもない。今度手間をかけさせたら、私が徹底的に踏み潰してあげますよ。ウジ虫に刑務所はもったいないですからね」

軽やかに言われたゾッとするような征眞の言葉に、武森が小刻みに唇を震わせた。

「お…おまえ……、何を……？」

からからに干からびたような声でうめき、尻であと退るようにすると、ようやくたどり着いた壁に手をついてよろよろと立ち上がる。

興味が失せたようにそっちを無視して、征眞が道長に向き直った。

「それ、出所はどこなんだ？」

道長が持ったままの大麻タバコを、顎で指すようにして聞く。

「あ…、ええと、江田島組の金子《かねこ》っていう男じゃないかと思うんですが。多分」

直立不動のまま、道長が答える。

「ふぅん。江田島だったのか…」

なるほど、というようにつぶやくと、征眞がそのケースを無造作に持ち上げて、くるりと振り返った。わずかに声を上げて、なんとか駐車場から出ようとしていた武森の背中に呼びかける。

「武森さん。これは金子さんとやらに送り返しておきますよ。恥をかかされたとずいぶん怒ると思いますけどね」

……悪魔だ。

佐古は思わず心の中でつぶやいた。

名久井ばかりか、バックについていた江田島を怒らせたら、武森は逃げていく先がない。ハッとしたように振り返った武森が、声にならない恐怖に顔を引きつらせる。そしてそのまま、必死に逃げるようによろよろと走り去った。

「頭……？」

いいんですか？　と言うように道長が尋ねてきたが、放っておけ、と佐古は答えた。

そんな様子を見ながら、弘樹がただ呆然《ぼうぜん》と立ち尽くしていた。やはりちょっと粋がっているだけの素人なのだろう。状況に頭が追いついていないような、ほうけた顔をしている。

「それと…、このバカが何をしたって？」

ちらっと横の自分の車に目をやって、征眞がどこかとぼけたように聞いた。

「に…兄さん……、あのさ……、俺」

ビクッと身を震わせた弘樹が、必死に機嫌をとろうとするように、張りついたような笑顔をなんとか浮かべてみせる。

それに向き直って、征眞は淡々と言った。

「おまえが実の弟じゃなければ、今頃生きてると思うなよ」

相変わらず辛辣で容赦がない。

瞬時に凍りついた弘樹が、ようやく唾を飲みこんだ。

「田舎へ帰って、二度と俺の前に顔を見せるな」

しかしぴしゃりと言い放った言葉は、あるいはもう自分に関わるな――と。この世界に首をつっこむな、という、征眞の優しさであり、警告なのかもしれない。こんなふうに、何かあれば巻きこまれる可能性もあるのだ。……まあ、よい方に解釈してやれば、だが。

「わ、わ…かった……」

弘樹がガクガクとうなずき、ようやくかすれた声でつぶやくように答える。

征眞が無造作に顎を振った。行け、と。弾かれたみたいに飛び上がった弘樹が、バタバタと逃げるようにして走り去る。

「道長」

それを見送って、佐古が呼んだ。

「あ……、はいっ」

道長があわてて姿勢を正す。

「おまえ、さっき言ってたルポライターとかの顔を知ってるんだろう？　ヤサを探してあのガキの署名捺印とやらを回収してこい。ああ…、三井《みつい》と一緒にいけ」

荒っぽさのレベルがわからなかったので、とりあえずボディガード代わりになる男を指名しておく。

「わかりました」

「それと、あいつが家に持ってるっていうブツも忘れずにな」

弘樹が逃げていった方を指して続けた。

どれだけの量をあてがったのか知らないが、売れば確かにそこそこの金になる。弘樹が相場を知っているかどうかは疑問だったが。

だがそれに味をしめれば、そのうち立派な売人にさせられる。さらに深みにはまれば、覚醒剤《かくせいざい》あたりに手を出すようになり、自分も溺れ——武森の言いなりだ。

……そこまで考えていたのだろうか？　征眞への復讐ならば。

はい、とうなずいた道長が、テキパキとそちらの仕事は別の男に割り振る。携帯を出して、三井に連絡を入れる。

「征眞」

あと処理をすませると、大きく息を吸いこんでから、佐古は静かに呼びかけた。

佐古にとっては、一番大きな問題がまだ残っている。

女王様のご機嫌がうるわしくないことは、よくわかっていた。佐古が勝手に動いたことが不満なのだろう。しかも自分の膝元で、だ。

しかしそれに、征眞がにっこりと振り返った。

「せっかくここまで来たんだ。今日はうちに泊まっていくだろう？」

いつになく優しげな口調。だが、その笑顔が恐い。

白々しさと、空気の肌寒さを感じるのだろう、道長たちがどことなく同情の目で佐古を眺める。

佐古はむっつりと、行け、と顎を振った。

「ここはいい。帰る時に連絡を入れる」

さすがに心得ているらしく――トラの尾は踏みたくないのか――、よけいなことは何も言わず、聞かず、失礼します、とだけ頭を下げて道長たちが帰っていく。

征眞がポケットから出した非接触のキーをピッと押すと、駐車場脇の扉のロックがカチッと外れる音がした。

何も言わずに先を行く征眞の後ろから、佐古もついていく。
二、三階にまたがるメゾネットだが、征眞の部屋は東の角で、一部屋ずつ独立したポーチがついていた。数えるくらいしか訪れたことはなかったが、中は変わった様子もなく、すっきりとシンプルで機能的な雰囲気だ。
玄関を抜け、リビングに入ったところで、征眞がくるりと振り返った。

いきなり手を伸ばし、甲に巻きつけるようにしてグッ…と佐古のネクタイを引きつかんだ。キリキリと締め上げられ、さすがに喉元がつまる。

「わかってるよなぁ、佐古？」

至近距離のその体勢から、征眞が意味ありげな顔で、なめるような視線で見上げてくる。

本職のヤクザ並の……いや、ヤクザ顔負けの迫力だ。

「ああ」

佐古は逆らわず、素直に答えた。

ふん、と征眞が手を離し、腕を組んで淡々と尋ねてくる。

「どうして俺に言わなかった？」

弘樹のことを、だろう。少なくとも、バーを出る時にでも一言、言えたのは確かだ。

だが——。

征眞にしても、誰かの恨みを買うということはある程度慣れているにせよ、実の弟に何かされる、ということは考えたくはないはずだ。

「おまえを…、煩わせたくなかっただけだ。魚住さんとだってひさしぶりだったんだろう？　気持ちよく飲んでる時だったしな」

さらりと表情も変えずそんなふうに答えた佐古を、征眞が探るように斜めに見上げてくる。

「……違うだろ？　本当は俺の知らないところで、弘樹のやらかすことを処理できればいいと思ってたんだろう？」

あっさりと見透かされ、やっぱり隠せないか…、と佐古はちょっと息をつく。

「いろいろと…、やりにくいだろう？　何かあったとして、相手が実の弟だとな」

「そう思うか？」

まともに聞き返され、佐古は言い直した。

「そうでなくとも、おたがいにしこりは残さないに越したことはない。気持ちのいいもんじゃないしな。身内に恨まれるのも、……裏切られるのも」

静かに言った佐古をじっと見つめ、征眞がそっと息を吐いた。わずかに視線を落とし、手の甲でたどるように佐古の首筋を撫でる。

「裏切られて傷つくほど、弘樹には期待も信用もしてないし、興味もない。俺にとって、それほど価値のある人間じゃない」

バッサリと征眞は言った。そしてふっと顔を上げて、まっすぐに佐古を見る。

「俺を本当に傷つけられるのはおまえだけだよ。弘樹じゃない」

さらりと言われた言葉に、佐古はハッとした。ドクッ…、と身体の中で何かが沸き立つ。

「征眞……？」

かすれた声がこぼれる。

――征眞にとって、自分はそれだけの価値がある人間なのだろうか？　征眞を傷つけることができるほど？

征眞がくっ…と笑った。

「俺の身体を悦《よろこ》ばせられるのもな？」

からかうように言いながら、征眞の手がしゅるっと佐古のネクタイを解く。スーツの中に両手を差しこみ、両肩をなぞるようにして脱がせると、そのまま後ろに落とす。

きっちりと止まっているシャツのボタンを、一つずつ外していく。

前がはだけられ、手のひらで胸板が撫でられて、ゾクッ…と走った痺《しび》れに身震いした。

「俺を守るためでも、人殺しはするな。俺をおいて何年食らうつもりだ？　いくら俺でも、殺人で懲役を回避するのは難しいぞ」

何気ないように言われたそんな言葉が、胸に沁《し》みこむ。

その言葉がもらえるのなら、それで十分だとも思うほどに。

「俺は…、甘い言葉でおまえを楽しませるようなことはできないしな。しゃべるのも得意じゃない。できるのはおまえの身体に傷をつけないようにすることくらいだ」

じっと征眞にされるままになりながら、佐古は淡々と言った。

それに、ふと手を止めて征眞が顔を上げる。

「どうして？」

「え？」

佐古は聞かれた意味を取り損ねた。

「どうして甘い言葉で楽しませられないんだ？」

「それは……」

楽しげな眼差しで重ねて聞かれ、佐古はちょっと口ごもった。

なにかあまりに自明なことのような気がして。

寡黙といえば聞こえはいいが、要するに口下手なのだ。なにより、そんな甘いセリフが似合う顔や雰囲気でないのは、自分でもよくわかっている。

「……おかしくないか？　その…、俺がそんな言葉を口にするのは」

「なんで？　カワイイぞ」

にやにやとどこかからかうように言われ、むっつりと佐古は黙りこんだ。

おもしろがられているようにしか思えない。

征眞が手を伸ばし、意味ありげな様子で佐古の頬を撫でる。

「ほら。遠慮なく俺に愛の言葉をささやけよ」

佐古は思わずため息をついた。

是が非でも言わせたいらしい。

しかし、愛の言葉――と言われても。

パッと思いつかないあたりが、やはり自分の限界なのだろう。生田や魚住なら、自然としゃれた言葉の一つや二つ、浮かんでくるのかもしれないが。

ぐるぐると必死に考えた結果、佐古はなんとか絞り出す。

「そうだな…。征眞、おまえはバラよりきれいだ」

一瞬、大きく目を見開いて佐古を凝視した征眞が、次の瞬間、あわてたように片手で口元を覆った。

それでもぐふっ…、と何かがもれたような声がこぼれ、ヒクヒクと頬のあたりが震えて、どう見ても明らかに、笑いをこらえている。

「二度と言わない」

苦虫を嚙み潰したような顔で、佐古はうなった。

瞬間、堰《せき》が切れたように征眞が爆笑した。身をよじり、腹を抱えて笑い出す。

「二度と絶対に言わない」

憮然《ぶぜん》としたまま、やっぱり言わなければよかった…、と、ほとんど人生で初めて後悔する。

「拗《す》ねるなよ、若頭」

ちょっとあわてたように、征眞が佐古の肩に両腕をまわしてきた。

「予想以上にうれしかっただけだ。今日は……サービスしてやるから」

なだめるように言いながら、器用な手がベルトを外し、ジッパーを引き下ろす。

吐息が触れるほど間近から佐古の目を見つめたまま、中へ潜りこんだ片手が佐古のモノを包みこみ、その形をなぞるようにして手の中でしごき始める。

あえぎをまぎらわすように、佐古は静かに息をついた。

それでも、あっという間に征眞の手の中で自分自身が硬く張りつめていくのがわかる。

こらえきれない先走りがにじみ、先端をもむようにして征眞の指に拭いとられて、ビクッ…、と腰が揺れてしまう。

「……それから？」

濡れたような目で、どこか挑発的に佐古の顔をのぞきこみ、征眞がいくぶんかすれた声でささやくように言った。

「他に言うことはないのか？」

瞬《まばた》きもできず、魅入られるようにその目を見つめ返し、佐古はなんとか乱れそうになる息を整えた。

無意識に上がった手が征眞の頬を撫で、うなじにまわりこんで襟足の髪を指に絡める。

「おまえを……愛している」

考える必要はなかった。自然と口からこぼれ落ちる。

征眞がそっと息を吐いた。その顔に優しい笑みが広がる。

満足そうな、うれしそうな、少し照れたような顔。

「もっと頻繁に言えよ」

そして傲慢に命じてくる。

「週に一度くらいか？」

「会うたびにだ」

「わかった」

佐古は素直にうなずいた。

征眞の命令は絶対だった。自分は、この男のモノなのだから。

佐古は手のひらで包みこむように征眞の頬を撫で、親指でやわらかな唇に触れる。

目を見つめたまま唇を奪い、深く舌を絡め合わせる。何度も味わう。

「おまえを愛している——」

キスの合間に、佐古は何度もささやいた……。

◇　◇

男に抱き上げられ、軽々とベッドへ運ばれて、征眞はシーツの上に落とされた。

ベッドの脇で佐古がすでにはだけていたシャツを脱ぎ捨てる。

征眞の方もスーツの上だけをリビングで脱がされていて、ベッドの上にのってきた男に下着と一緒にズボンを引き下ろされた。

上から見下ろされ、視線が絡み合う。

佐古が薄く笑った。

「サービスしてくれるんじゃなかったか？」

生意気に、恥ずかしいセリフを言わされた仕返しのつもりだろうか。

だが……その価値はある。

「そうだったな」

平静な顔で征眞は身体を起こすと、膝立ちになっていた男の前にすわりこんだ。

あえてシャツの裾から見え隠れする中心の陰りをさらすようにして。

手を伸ばし、すでに前が開いている男のズボンに指をかける。黒のボクサーを引き下ろし、あらわになった存在感のあるモノに唇をよせた。

先端をすくうように舌先でなぞり、ゆっくりと口の中に含んでいく。すべてをくわえることはできなかったが、喉の奥までいっぱいに頬張り、何度も口の中でしゃぶり上げる。

指で剛毛に埋もれた根本のあたりをなぞり、時折指で揉《も》みこむようにして双球を愛撫《あいぶ》した。

口の中で男のモノが一気に力を増す。硬く張りつめ、喉の奥をついてくる。いやらしく濡れた音が響き、唇の端から呑みこみきれない唾液がこぼれ落ちる。

佐古が低く息を吐いた。

伸びてきた手が無意識のように征眞の髪をつかみ、押しつけるようにしてわずかに腰を揺する。

さすがに苦しかったが、男が感じていることがうれしかった。

先走りの味を舌先に感じ、征眞はようやく口を離した。

大きく息を吸いこむと、濡れた唇を拭いながら男を見上げてにやりとする。どうだ？　と尋ねるみたいに。

「あんまりうまいと腹が立つな」

憎たらしいくらい平静な顔だったが、それでもそっと息をつくように感想を言われ、征眞は小さく笑ってしまった。

他の誰にしてやったのか気になるのだろうか？　この男でも。

「イカしてやろうか？　口に出してもいいぞ」

太っ腹に許してやったが、いや、と佐古は首をふった。

そして上からのしかかるように征眞の身体をシーツに倒し、いくぶん不器用に、急《せ》くようにシャツのボタンを外していく。

男の唇が貪《むさぼ》るように首筋から剝き出しになった肩を愛撫した。

「あぁ……」

征眞は無意識に両手を伸ばし、男の裸の背中を引きよせる。

馴染んだ感触だった。身体の大きさ、熱。匂い。

激しく自分を抱きしめる力――。

『征眞を傷つけるつもりなら、そのくらいの覚悟はつけろよ。俺を相手に命がけでケンカすることになるんだからな』

さらりと何でもないように言った佐古の言葉が耳に残る。

心が震えるようだった。

本当は言葉など必要なかったのだ。その身体で、佐古は自分を守ってくれている。文字通り、命をかけて。

こんな殺し文句を言える男は他にはいない。うまい駆け引きをしたり、しゃれた口説き文句を言えるやつはいくらでもいるのだろうが。

この男に抱かれるのが好きだった。抱かれている時が一番、安心できる。心を、すべてを解放していられる。

ふだんがクールな男だから、激しく求められている時に愛されている実感を覚えるのだろうか。

他の女もこんなふうに抱いていたのか…、と思うと、ちょっとムカッとするほど。

——自分だけだろうか？

それを証明させるために、身体を張らせているのかもしれない。

本当にひどい男だな…、と自分でも思う。

佐古の手のひらがこするように胸を撫で、小さな乳首を指で押し潰してくる。チリッ…、と鋭い痛みが身体の芯に沈みこむ。

「つっ…っ、……ん…っ、——あぁ…っ」

あっという間に硬く芯を立ててしまった乳首が男の指に弾かれ、きつく摘み上げられて、征眞は思わず身体をのけぞらせた。

その隙《すき》を狙ったように、佐古がすでに着崩れていた征眞のシャツを背中へ引き下ろす。

しかし中途半端に肘に引っかけられるような形で、……つまり腕が後ろに拘束された状態だった。

「おまえ…っ」

明らかに意図したやり口に、征眞は男をにらみつけた。

佐古が唇だけで薄く笑う。

「少しだけ…、おまえの身体を自由にされてくれ」

静かに言うと、佐古が顔を伏せ、舌先で胸の小さな芽をなめ上げた。

「ふ……、あ…っ」

唾液を絡みつけるようにたっぷりと舌が這わされ、いやらしく濡れた粒が指でこするように摘み上げられて、あまりの刺激に征眞は大きく身体をよじる。

ジンジン…と痛いような、痺れるような刺激が肌に沁みこむ。細胞の奥まで入りこみ、身体の中心に熱を持って集まってくる。

「ひ…ぁ……っ!　あぁぁ……っ!」

なだめるように脇腹が撫でられ、しかし同様に濡らされたもう片方の乳首が今度は甘噛みされて、こらえきれずに身体を跳ね上げてしまう。

「もう…、よせ……っ、そこ……」

抵抗が封じられたまま、両方の乳首が執拗《しつよう》になぶられ、もてあそばれて、征眞はとうとう涙目でうめいた。

主導権はきっちりととる方だったから、ふだんならこんなことはさせないのに。

「きれいだな…」

ため息をつくように佐古がつぶやいた。

妙に悔しく、恥ずかしく、顔を背けて荒い息をつく征眞の全身を、熱っぽい視線が這いまわるのがわかる。ゾクリ…、と肌が震えてしまう。

見られているだけで中心が反応しそうで無意識に膝を閉じたが、それに気づいたように男の手が膝にかかり、容赦なく広げられた。

「あ…っ」

羞恥《しゅうち》に顔が熱くなるのがわかる。唇を噛み、たまらず目を閉じる。

男の手が足のつけ根から内腿へとすべり、きわどいラインを撫で上げていく。

それだけで征眞のモノは持ち上がり、形を変えてしまう。

骨っぽい男の指にしなやかに反り返したモノが包まれ、強弱をつけてしごき上げられた。

「あぁ…っ、あぁっ…、……あ…っ…んっ」

淫《みだ》らに腰を揺すり、湧き上がってくる快感に否応なく呑みこまれていく。

そんな自分の表情がじっと見つめられているのがわかる。

こらえきれずに溢れた蜜《みつ》が男の手を汚し、こすりつけられるたびに濡れた音を立て始める。

指できつく先端が揉まれ、しばらくあえがされたあと、中心が温かくやわらかな感触に包まれた。

「あぁ――……」

男の舌が絡みつき、たっぷりとしゃぶり上げられる。さらに指先がそこから奥へ続く溝をこすり、その刺激にビクビク…と腰が揺れてしまう。

いったん離れた舌が、指を追うように溝をなめ上げ、その甘く、ざわめくような刺激から逃れようと、征眞は無意識に腰をひねる。

しかし佐古に腰を押さえこまれて、ほとんど身動きできない状態で一番奥の窪《くぼ》みまでたどられた。

くすぐるように溝に何度も舌が這わされ、触れられないでいる後ろの窄《すぼ》まりが媚《こ》びるように恥ずかしく収縮する。

「ずいぶん可愛いな……」

指先で容赦なくそこが押し広げられ、あえて征眞に聞かせるようでもないそんなつぶやきが、さらに恥ずかしさを募らせる。

「あぁぁ…っ！」

濡れた舌先に襞《ひだ》がなめ上げられ、たまらず征眞は高い声を上げた。

しかしかまわず、男は唾液を送りこむようにそこをこじ開け、ゆっくりと崩していく。くちゅっ…、ぐちゅっ…、と濡れた音が耳に届き、やわらかく溶けきった入り口が指でかきまわされる。

「あっ…、あっ…、あぁ……っ」

硬い指が一本、中へ押し入れられ、征眞の腰は待っていたようにそれをくわえこんだ。きつく締めつけ、出し入れされるのに合わせていやらしく腰が振られる。

「あぁ…ッ、ダメだ……、もっと……っ」

たまらず口走った言葉に佐古が低く笑い、指を二本に増やしてくれた。

征眞のイイところを知り尽くしているはずの指は、しかし微妙にはぐらかすように中で動き、征眞はどうしようもなく腰をよじって男の指を導こうとする。

「――あぁぁっ、そこ…っ、そこ……っ、強く……！」

かすめるようにそのポイントを動いた瞬間、はしたなくねだっていた。

「ここか？」

落ち着いた声で確かめるように聞かれ、何度もうなずく。

「あぁ…っ、いい――……」

えぐるように突かれ、征眞は甘やかに押しよせる快感に身を委《ゆだ》ねた。

しかし極めようとした寸前、ゆっくりと指が引き抜かれる。

「や…っ、まだ……っ」

思わず口走ってから、ハッと目を開いた。

吐息で笑いながら、佐古が膝立ちになっている。焦らすようにすでに反り返している自分のモノを征眞の中心にこすり合わせ、ゆっくりとたどるように奥へと近づける。

征眞は思わず、もの欲しげに唇をなめてしまった。

すでに溶けきった襞が男の先端をくわえこみ、奥へ導こうと淫らにうごめく。

「入れていいか？」

佐古がそっと手を伸ばして征眞の頬を撫で、かすれた声で尋ねてくる。

「早くしろ…っ」

どうしようもなく、征眞はわめくように言った。

欲情しているだろう顔が恥ずかしく、しかし両手が使えずに隠すこともできない。

「たまらないな…」

低くつぶやくと、わずかに腰が浮かされ、一気に突き入れられた。

「あぁぁ……っ！」

熱く疼《うず》いていた部分がきつくこすり上げられ、あまりの快感に頭の芯が痺れる。奥までえぐられ、何度も出し入れされて、征眞はなかば意識もなく腰を振り乱した。

こらえきれず先端から溢れ出した蜜が腹に滴る。

「征眞……」

腰を引きよせ、あえて手荒に揺すり上げながら、佐古の指が思い出したように征眞の尖《とが》った乳首をひねり上げた。

「——ひ……っ、あ…っ、あぁぁ……っ！」

身体の芯を、痛みだか快感だかわからない刺激が走り抜ける。

その瞬間、こらえきれずに征眞は達してしまっていた。

前は触れられないままで、快感の証《あかし》が双方の腹に飛び散る。

佐古の方はまだなんとか保たせているようで、ちょっと驚いたように征眞を眺め、ふっ…と唇で笑った。

「くそ…っ」

恥ずかしさと悔しさで、征眞は低く罵《ののし》る。

――覚えてろよっ。

と、心の中で復讐《ふくしゅう》を誓う。

「悪い…」

男は抜かないまま、身体を重ねるようにして、なだめるようなキスをした。

しかしあやまられるとよけいに腹立たしい。

「早く上を脱がせろ」

不機嫌に言うと、ああ…、と思い出したように佐古はつぶやいて――

「おまえ…っ」

入れっぱなしで、男は征眞の身体を自分の膝の上に持ち上げたのだ。

「あぁぁ……っ」

激しく身体が揺すられ、根本まで男のモノをくわえこまされて、征眞は大きく背筋をそらせた。

「くっ…、ん…っ……あぁ…っ」

さらに安定する場所を探すように腰を動かされ、中がこすられて、イッたばかりだというのに、再びビクッと前が反応してしまう。

「よりかかってろ」

うながされ、言われた通りに身体を傾けると、ようやく背中からシャツが引き剝がされた。

両手が自由になって、征眞はつかみかかるように男の髪を引っ張る。

「こんな好き勝手して、タダですむと思うなよ」

「覚悟はしている」

きつくにらみつけた征眞に、相変わらず落ち着いたまま佐古が言った。

……可愛くない。

「だったら…、俺がいいと言うまでイクなよ？」

人差し指を男の胸板に突きつけ、にやりと笑って征眞は命じた。

佐古がわずかに眉をよせた。そんなことを言われるとは思っていなかったように。

征眞の中で、男のモノはすでに硬くいきり立っている。すぐにでも発射できる状態だろう。

だが、簡単に許してやる気はなかった。

征眞は男の肩に両腕をまわし、ゆっくりと腰を持ち上げた。ずるり…、と引き抜かれる感触に、男が思わず息を吐く。

そういうことか…、とようやく察したらしく、困ったような佐古の眼差しが征眞を見つめてくる。

征眞は唇で微笑んだまま、先端あたりまで抜いてしまうと、しばらく腰を揺らすようにして焦らし、それから一気に身体を落とした。

うっ、と低く男がうなる。

征眞の身体にも甘やかな快感が這い上がるが、まだまだだ。

何度か繰り返してそれを続け、男のモノがさらに硬さを増すのがわかる。我慢しきれない先走りがにじみ、中のすべりがさらによくなっていく。

男の息づかいが荒くなるのを、はっきりと感じた。

征眞は追い立てるように腰を使い、時折中の男をきつく締めつけてやる。

そうする間に征眞のモノも力をとりもどして、男の腹に突きあたるくらいになっていた。

我慢比べだが、先に一度出しているだけ、ずっと自分の方が分がいい。

征眞は中を貫く硬い杭《くい》を自分のイイところに当てるようにして、男の肩にしがみついたまま腰をくねらせた。

わずかに汗ばんだ肌を男の身体に密着させ、腰を振り立てるように上下させる。思うままに中をこすり上げて、ゆっくりと自分の快感を高めていく。

「征眞……！」

こらえきれないように佐古がうめいた。さすがにせっぱつまってかすれた声だ。

胸の奥がくすぐられるように楽しい。

「降参か？」

くすくすと笑いながら、征眞は男の分厚い肩に顎をのせ、耳たぶを甘噛みするようにして全面降伏をうながす。

ビクン…、と中のモノが動き、今にも弾けそうになっているのがわかる。さらに男の先端から先走りが溢れ出し、中が濡らされた。

背中を抱きしめる腕の力が、苦しいほどに強い。体中が縛りつけられるようで、それになぜか胸の内から疼くような悦びがこみ上げてくる。

「降参だ……」

押し殺したような声で、佐古が白旗を揚げた。

「いい子だ」

征眞は上機嫌で男の汗に濡れた頬を撫で、額に、そして唇にキスを落としてやる。

「イッていいぞ」

ようやく許しを与えた瞬間、男の両手が征眞の尻をつかんだ。

「征眞……！」

腰を押さえこんだまま、一気に突き上げられる。

「んん…っ、――あぁぁ……っ！」

一番深くまで何度も貫かれ、熱い杭にきつくこすり上げられて、そのあまりの激しさに頭の中が真っ白になる。

夢中で腕を伸ばし、男の肩にしがみつき、唇を奪い合う。

「は……ん…っ…、あぁぁぁっ……！」

何度目か、一番奥までえぐるように突かれた瞬間、意識が飛んでいた。

自分の、そして男の荒い息づかいが聞こえてきて、ようやく我に返る。

今度はほとんど同時に達したようだった。もつれ合わせた身体がシーツに沈み、しばらくはぼうっとしたまま、全身を甘い余韻に浸らせる。

やがて長い息をついて、佐古が身体を離した。

相当に我慢させた分、かなりの量を出されたらしく、引き抜いたとたん、太腿に温かいものが溢れ出す。

しかし征眞は身体を動かす気力がなく、佐古が脱いだシャツで拭ってくれた。

やわらかな肌触りで、いい値段がしそうだったが台無しだ。

「満足か？」

指先でそっと頬を撫でるようにして、佐古が聞いてくる。

「魚住さんみたいに甘やかしてやることはできないけどな…。おまえが望む限りのことは努力するつもりだ」

生真面目に言った男に、征眞は吐息で笑った。

本当は十分に甘やかしてもらっている。ワガママな——自分の望むことを、何でも聞いてくれる。

そんな男はそうはいない。きっちりとその要求に応えてくれる男も。

……もちろん、それを口にして甘やかしてやるつもりはなかったが。

「そうだな。持久力は合格だよ。今日はそれで許してやる」

さらりとした口調で言った征眞に、佐古がわずかに瞬きした。唇の端がほんのわずかに上がる。

——喜んでいるのだろうか？

そして大きな腕で背中から抱きしめるようにして、肩口にキスを落としてくる。

ほんの小さな表情の変化。可愛げのない男の可愛い瞬間だ。

これからは、それを見つけ出すのも楽しいのかもしれない——。

end.

あとがき

こんにちは。オヤジ・シリーズでしたＲＤＣの番外で、今回はもう少し若い二人になりますね。とはいっても、三十三歳、大人の同い年カップルです。番外ですので、まったく単独で読んでいただいても大丈夫でございます。

ヤクザの若頭とヤクザ御用達の弁護士さん。ある種の女王様と下僕……なのですが、今回の若頭、佐古《さこ》さんはヤクザになるために生まれてきたような超強面。雑誌掲載時の惹句が「イカツイ顔でも心は乙女」だったわけですが、カワイイものが好き♪　とかいう乙女嗜好なわけではありません。なんて言うんでしょうか、好きな子に対する純な気持ちが乙女なんですかね。クールで寡黙でやり手。ヘタレてはないけど、案外可愛い。そんな微妙なラインでしょうか。書き下ろしの終盤に出てくる若頭の「甘いセリフ」。あれ、若頭的には本気なんですよー。とても素直にそう思って、口に出しただけなんですよー。しゃべりが不器用なんです。そして毒舌の女王様、征眞《いくま》くんもそんな佐古を可愛いなぁ、と思っているはず。編集さんには「佐古さん、かわいそう…(笑)」とか言われておりましたが、本人は案外幸せなんじゃないかと思います。強面のせい(？)か、なかなか思いが伝わってなかった感じですが、とても相性のいいコンビではないかと。脇で出てきた時になんとなく、この二人は合いそうだな、と思ったのですが、めずらしくその時のイメージ通りのままに書けた気がいたします。カラダの相性だけではないはず！　さしたる事件もなく、恋愛メインなお話ですが、二人の関係ににやにやとしていただければ本望です。

最後になりましたが、シリーズを通してイラストをいただきました亜樹良《あきら》のりかずさんには本当にありがとうございました。がっつりふてぶてしい面構えの若頭が大変かっこよく、内面のギャップが引き立って素晴らしかったです。トゲだらけの女王様、征眞くんも男前で色っぽく、ベッドでの可愛さもあり。どの場面も二人がとてもしっくりと合っていて、場面やキャラの雰囲気、二人の距離感の雰囲気というんでしょうか、それをつかむのがとてもうまいなぁ…、と僭越ながら毎回感じておりました。ありがとうございました。

編集さんにも毎度ながら、お世話をおかけいたしまして申し訳ございません。今年もまたなんとかがんばっていきたいと思いますので、どうかよろしくお願いいたします。

そしてこちらの本を手にとっていただきました皆様にも、本当にありがとうございました！　カワイイ若頭と毒舌の女王様、お楽しみいただければ幸いです。

どうか懲りずに、また次の本でお会いできますように。

2月　地ガキが手に入り、ひさしぶりに出汁で卵とじにしてみました。うまい…！

水《みな》壬《み》楓《ふう》子《こ》

初出

リーガルトラップ ―――――――――― 2012年リンクス10月号を加筆修正

リーガルガーディアン ―――――――― 書き下ろし

この本を読んでの
ご意見・ご感想を
お寄せ下さい。

〒151-0051
東京都渋谷区千駄ヶ谷4-9-7
(株)幻冬舎コミックス　リンクス編集部
「水壬楓子《みなみふうこ》先生」係／「亜樹良《あきら》のりかず先生」係

リンクス ロマンス

リーガルトラップ

2013年2月28日　第1刷発行

著者…………水壬楓子《みなみふうこ》
発行人…………伊藤嘉彦
発行元…………株式会社　幻冬舎コミックス
〒151-0051　東京都渋谷区千駄ヶ谷4-9-7
TEL 03-5411-6434（編集）
発売元…………株式会社　幻冬舎
〒151-0051　東京都渋谷区千駄ヶ谷4-9-7
TEL 03-5411-6222（営業）
振替00120-8-767643
印刷・製本所…共同印刷株式会社
検印廃止

ISBN978-4-344-82750-9 C0293
Printed in Japan

幻冬舎コミックスホームページ　http://www.gentosha-comics.net

本作品はフィクションです。実在の人物・団体・事件などには関係ありません。